敬献读者

维趣文化

生活就是诗

葛薇星升职记

The Stort of Office

王尹 著

江西科学技术出版社

出版策划：北京维趣文化

http://weibo.com/whichclub

目 录

代　序

梨花兴旺　桃花娇漫

昨夜蓦然惊见蔷薇迎风招摇

几时小池里的荷花竟盛大如昧

初迁北京　正逢玉兰一树树白的粉的浪漫　像爱情

悬浮在京经常尘光蒙昧的夜色里

灯火一朵朵　飘摇一盏盏的故事

“我在星巴克等你”我总约人在星巴克，等人或人走之后窃窃的听着周遭别人的故事

有好些岁月与同事相处多过亲人，约见客户多过约会爱人。

葛薇星在前，悦光在侧，袅袅就在茶水间……

一切都是。感恩与读者结缘。

感谢！祝福！竭诚地……纯真地……愿于读者若有些许……

丰收了，我。

祝您慈悲兴旺

王　尹　北京

01

有人入职，有人升职

袅袅一直等着这天。五年多以来，关于这天她换过好几种预测，此时此刻她带着新入职的前台悦光，坐在最前排，就等合适的机会介绍给会议室里这些人。这个时间、地点与结果，在她想像的版本里毫无线索。与其说是介绍新人悦光，对她而言，实是向大家揭露她的升职，毕竟她期盼了五年了。

阳光，一早就透过AK大会议室整面的落地窗投射出全然的明亮，无可隐蔽。这是整个AK办公室里视野最佳装修最好的一处了。最经济的轻钢架天花板与矩形节能日光灯。三面墙刷得净白的，地面贴的是仿深色木纹的塑料地砖。环绕全场圆弧型的会议桌与椅子倒是名牌的高档货。可见AK整个公司的装修极其经济简朴。办公桌椅这些设备质感倒是考究，全是老板Akiens创业之初以低于市价两折，在找了多处二手办公家具大卖场反复比、议价购入的。包含Akiens自己的桌椅柜组沙发，都是不同厂牌找了几个店家组合而来，尽是他的得意之作，全是高档货却所费不多。聚焦在质感好就有较好的理由不计较美学与品味了。特别是公司赚钱就更传佳话以为宣传企业形象。

产销会议上葛薇星正发话："各位伙伴大家好！辛苦大家一早就得开会。今天我代表Akiens主持这个会议。"她这一向优雅悦耳的声音所向披靡，擅长传达既令人深深感动又大大振奋人心的言语。因此从不缺少迷恋的粉丝。更早在没有工作表现之前，曾传了一阵子这声音是装出来的。许多年之后她自己才意识到，这是她当年年轻样貌之外的重要优势。

偌大的会议室里，继续放送着她动人的话语。"我相信每个人有不同的学习背景、不同的经验与想法，我很高兴有机会跟大家一起学习，互相交流经验。在这个团体里面，不同的职衔意味着不同的责任。权限相对的就是责任。我们每个人都在不同的战略位置上，互相都很重要。我的责任不仅是创造绩效达成业绩目标，同时要让跟我一起工作的伙伴有所增长，包含收入、专业能力与自我的实践与发挥。我以此自我期许。未来的日子里我期许与大家一起努力并以与各位一起工作为荣……"

这是葛薇星升任副总以来第一次主持产销会议，她并藉此改变了过去AK产销会议进行的方式。主导产品政策是她期待已久的了。历练了市场部与国内外的业务，终于让她等到了，她要在这个领域大展身手，她期待再将业绩的成长曲线陡升。

不若她温婉的声音与淡静的外表，以葛薇星一向的爽快利索，没等一会儿悦光就上前介绍着自己："愉悦的悦，月光明媚的光。"

葛薇星给她们十五分钟。她听着手里拿着前台工作手册的悦光说了两句，就悄悄退出了会议室。就等这个机会的袅袅一下站上前，正待说起，便有人嚷嚷："是谁自我介绍啊？你抢上来干嘛呀！这都全挡着了，还看得见啥光啊！"

"我是要告诉大家前台交接给悦光，我升……"

没让袅袅好声说，底下早七嘴八舌的。

"早该了啊！你稳定性也太高了吧？真不容易啊！"

"哦！这一向是怎么忍过来的呢？我们终于忍到这一天了。"

"你就快闪，能闪多远就多远吧。这位大婶、伯母，我的姥姥啊！"

"怎么前面的总是没一年就换，你居然好几年都不走！"

更有人捂着眼睛说："哦！哦！我的眼睛啊！我可怜的眼睛！审美眼光日渐萎靡凋零。"

"我们眼睛都看坏了，工作气氛不好，怎么提升业绩啊！"

袅袅加大分贝吼："公司业绩这几年都是累进直线增长的啊！"

震撼效果有限，得不了几秒的鸦雀无声就听有人说："那是因为我们走不进单位啊！情愿在外风吹日晒地打拼。"

"你这个大象妹，别挡着啊！"又是纷扰吵成一片地……

站在门外的葛薇星听到这儿，想着悦光纯朴老实的站姿，立时浮现另一画面：三七步，腰杆打直，挺胸收下颚，微侧四十五度半边脸，微笑不露齿站着的悦光。

葛薇星看了一眼手表。回想当年自己入职的第一天也曾等在这个会议室。那天似乎也是产销协调之类的会议。

Shelley一下站起来对着简筱域超高分贝可大声的："你娘的！你有十几个人，我才一个人。你就发那一点货，你这软脚的，你国内市场要烂在那儿就尽管烂着，但是你不能影响我国外的。"

简筱域也不火光的发话："你多轻松！一个人就能做七千多万了。国内市场不好做啊。我们十几个人也只做一亿多，很艰辛的。那个DR，不只前台漂亮，业务一票的长腿姐姐，活动很多，老是搞促销。HU还有SF可都是大公司，做得比我们都早，我们是小公司，很累的。"

"很累？也是，你早上搞股市，下午忙茶市，还要兼国内业务哪能不累的？"Shelley继续接着说，"DR是很强，难道DR、HU、SF他们国外就晾着全让给我一个人做啊。我三年来从两千万不到做过来，你倒是稳定如山年年都不见衰退。连覆盖点土都没能增长一些，也算厉害嘛。"Shelley 可没半点客气的说。

Shelley欲罢不能继续狠狠地说："我郑重的跟你讲啊，反正你国内我不管，你要是像之前那样窜货或干扰到我国外……"没等Shelley当真的狠话出口，Akiens正好进来。Shelley一转身，频道马上不同，以一派大女人进行极尽所能发嗲的姿态说："老板啊！我不管啦！我要一个助理。"

当年的葛薇星蓄着一头逾肩轻盈顺直的长发，鼻梁上端着一副细边的黑胶眼镜，白衬衫扎在细瘦的腰身里搭着黑色及膝折裙，就像个实习生似的，早在会议开始前，就叫人事部的誉芳安排让她自己客气的站在大会议室前面的一旁，等着机会向大家发表她下了工夫演练了一整个晚上的自我介绍。一站好几个钟头，心里仍默默的反复练习，没敢半点怠懈直到会议结束都没派上用场。人事部总共就两个人，誉芳早忙得给忘了。

悦光飘逸的头发更长，在及肩快到腰际的发尾处卷着自然娴静的大波浪，正好衬着她看来一片真诚的微笑。虽都似瓜子脸，悦光双颊丰盈圆润，下巴并不特别尖，脸形显得更圆一些。身形虽是纤细，比之当年或今日一向骨感的葛薇星更多了女性的柔美与喜气。两个人的身高看来是差不多。AK对前台身高的要求是1米63。

当初袅袅入职时，依稀仿佛也曾这么自我介绍的："炊烟袅袅的袅袅。"马上就有人说是乌烟一坨加上瘴气一团吧。有人接着："唉呀，又黑又毒！"业务单位特别有积极的意见：太黑；太壮；声音太响亮；动作太慢；太懒；太笨；步伐太干扰工作气氛；不利公司形象；还有她不够高。

袅袅自然要高调的澄清："我是全单位年龄最小，身高最高的女生呐！"在当时确实是。之后几年，毕荷还有其他更高的长腿姐姐陆续入职了。她自然得在身高、年龄之外另造优势了。

臬臬在升夜大二那年以实习生入职的。超过180斤的吨位自然让1米7的她显不出高度来。据传她是老板娘的外甥女，其他的入职条件只怕都不敌这个了。

AK的大会议室一向忙碌，在葛薇星升任副总以来更几乎是披星戴月人气鼎盛。这天是悦光入职的第一天，不仅从早到晚没闲过，午、晚饭全免了，一直到过了晚上十点多，其实相较近来也还算最早的一天，葛薇星走出会议室看见悦光还忙着张罗会议资料与大家的饮食。

隔日，距九点上班还有四十多分钟余裕，悦光已到单位的大厦，电梯门一开，里面就葛薇星一个人。悦光露出她那大小整齐合宜，编贝似可爱的小牙，总是真诚的微笑标志似的吐着:“葛总好，您这么早！”

葛薇星看着身材纤细穿着一袭嫩黄连身裙的悦光，手里拿的还是那个前台工作手册。葛薇星说:“你也这么早啊？”

悦光点着头，编贝似的小牙继续可爱的闪着她真诚的笑意:“我怕迟到，不想地铁太挤，接近上班时间电梯特别挤，提早一小时出门正好。葛总真漂亮，说话非常好听，既年轻美丽又能干。我，还有业务部的许多助理都当您是偶像呢！”

“谢谢！”葛薇星笑着说。

“我听市场部的章绮烟还有海外业务部的小米、产品部那边毕荷，她们好几位也都很喜欢您的。”悦光一直闪着笑容的说。

葛薇星很惊讶地说:“你才来一天认得这么多人啦。”

“您写的前台手册里，说是第一天就该熟知每个部门的职能。记下通讯簿里全部数据并认得每个人。”悦光继续笑着说。

“哦！那几乎是十年前写的了，当时公司不过近百个人。”葛薇星自己觉得有些不好意思地说。

葛薇星在AK做了九个月的前台。当初是誉芳面试她进来的，誉芳跟着Akiens一起离开前一个公司，是Akiens创业的第一位员工。她的婆婆长期卧病在床，她是家事公事都劳心劳力，没时间培训葛薇星，葛薇星自己摸索着工作也就这样写了一个前台工作手册。誉芳觉得写得既专业又实用，就这样一直沿用下来了。

虽然Wendy来了之后就对整个AK的职务职能全面梳理了，并就每个工作职位制定S.O.P。但是前台在臬臬的努力下，自然用既有的版本是最为轻松愉快的。因此，前台的S.O.P用的就是当年葛薇星自己凭着生涩的经验写的版本，Wendy也几乎没什么太修订。

很快电梯门打开了，葛薇星非让悦光先走不可。她在升了业务部最高主管之后就不需打卡，她一直是让需要打卡的同事先走。

“悦光，昨天第一天上班，真让你辛苦了，加油哟。”悦光走出电梯，葛薇星这么对她说。

还不到九点悦光就接起一直没停响着的电话。“您好，这是AK公司，我是悦光，有什么可以为您服务……”她很注意的按着手册上的要求，以热诚服务为初衷，为前来需要协助的客户或厂商尽最大的努力服务。真诚发自内心地保持一贯亲切热情积极的语调，专业周到的应对。

前台是公司的门面，直接展示着公司的形象与气质。往往也是业务的最前线，要让每一位接触过的人都留下专业亲切的好印象，如沐春风。如沐春风，悦光谨记在心，只是不知如何做到。

按着手册要求，如果是打进来的电话等对方挂断这边再收线。如果是自己打出去，那么挂电话需用未持听筒的另一只手按下了，再把话筒轻轻放回，以免对方听见用力挂电话的声音，悦光想：这很容易，但以前自己倒没注意这么多的细节。

同样是坐在前台，悦光比起前任前台袅袅在座时可真是忙碌了。虽然袅袅会在前台陪着交接培训三天，作为前台显然袅袅比悦光更需培训。倒是有袅袅在旁指点识人，绝非纸上谈兵了。

市场部的才子小杜、连已离职的美男齐鲁，袅袅也能把照片与影片提供悦光认识。哪个女的收的花最多，花束的大小种类；花苞直径多少，价值轻重。年年章绮烟都收最多花束。谁谁胖瘦饮食喜好，迟到早退，办公室的暧昧与恋情；哪个部门的爱恨情仇；整形减重或是谁家小狗忧郁，谁打架闹离婚，同性恋……如果说前台是八卦集散地或是公司业务情报信息中心。那这些素材的发展与放送，较之袅袅又有谁能出其右？

悦光温婉细心勤奋，工作态度积极进取，待人和善周到不计较，很快在办公室里赢得友谊。对于AK的不少同仁，感受到前台的专业也令他们对自己的仪态与工作精神有自我要求。至少短期内整个单位感受到相当不同的办公气氛。

这一天葛薇星与Akiens同时等在电梯口，迎来了西装笔挺的八、九个人，为首的汤先生在悦光看来，是一行几位男士之中最帅的一个。悦光知道他有六十岁了，高挑健康的身形与面容看来顶多也就四十几岁。他身旁的几位约莫三、四十岁居多，有两三位看来在五十多岁吧。

悦光依着前台手册上的原则，有序地引导众人入坐合宜的位子。接着把事先特意准备的静冈抹茶送进来，仔细地按着先前葛薇星给她的培训进行，奉茶的顺序；茶具的摆放角度；动作如何轻盈利落；神态大方自然。当然少不了奉送她惯常的招牌微笑。

早在一个月前葛薇星让她收集来访者的资料做足功课。另外让她每天回家贴墙学站姿，抬头挺胸收小腹，下颚微微往内收起。两脚打直三七步成四十五度，两膝内侧要能并拢，脸微侧。原来四十五度半边脸最美。还让她自己找找是左脸还是右脸，每个人不一样。选灯光较亮的位置迎着投射方向，会让自己看来更美。两眼平视前方，焦点要清楚集中。若与人交流，要让对方觉得你把焦点全神贯注在对方身上，让对方完全成为主角，是最受重视的，是唯一的。

葛薇星还培训了她的行进、导引与带位等。行进走路由脚尖迈出，脚跟先着地。提气收小腹，腰杆打直，以臀部自然扭摆轻盈利落地行进，不是拖着两条腿走路。还让她选自己喜欢的音乐跟着节奏练走路，因为是配合自己喜欢的音乐，走久了，自然就走出适合自己气质的节奏感。这些都录像了。

葛薇星欣赏认真努力的悦光，私下藉此指导她，也让她协助修订了新版的前台工作手册，顺道录像，计划着日后可提供给Wendy做为培训教材。

悦光驾轻就熟的接待着来访的贵客。来访者是日本乐山集团的高层，如果不是透过引荐，要直接见到最高层，特别是乐山集团的最高层，那机会几乎是零。乐山不仅在日本，在欧美特别是澳洲也是极有影响力的大财团。

悦光打从心里非常感谢葛薇星，不仅仅是葛薇星脚受伤了仍用心培训她，是在外生活流浪过的悦光，对一个人的真诚与毫不保留实力的倾囊相授，感受特别敏锐。

她也深深认同葛薇星所言：接待乐山汤先生这样的经验并非是高攀的心态，是极其难得的机缘巧合与缘分，不是人人都可得的机会。像汤先生这样的人，他的风度气质、经验、经历与见识，放眼世界屈指可数。我们每个人最多也只有一个版本的人生，见识别人的人生故事，极难得的多少模拟体验不同的经验。而这个人一生总共面见过几个人，你是其中之一。当然正确的说也许他也不稀奇，我们每个人的一生又何曾不是如此，总共见过多少什么样的人！

无论是人生经历的丰富性，或是职场生涯握手期的扩充机会与建立资源，能接待乐山汤先生都是极其珍贵的机缘。不仅瞻仰其风度气质增长见识也趁机学习与充实自己。有多少人，多少的杰出优秀或是非常努力的人，都未必有这样的机会。就是AK里面上上下下也没几个人有这样的机会呢！

悦光依照葛薇星的说法，巧妙适当的选站在光源打下来的位置，衬托她用心挑选最适合她的嫩黄色连身裙。这也是葛薇星指导的，要找出最衬自己肤色的色彩。

汤先生用着日文问临座的特别助理："嘿！居然有静冈抹茶？"

悦光以全世界只看得见汤先生一个人的目光看着他，编贝似的小牙闪着她的招牌微笑，用尚称流利的日文答着，中文的意思是："希望您喜欢，这是我们葛副总特别为您准备的。"

悦光在大学没毕业就去了日本待有半年多。为了意大利藉男友离开日本，跟随男友先后在瑞士半年，意大利一年多。因此悦光能说包含英、日语与少许法语、意大利文等多国语言。

悦光为了相守男友，不顾家人反对，过了几年非常拮据的生活。直到家里出了状况，不得不返家担负起家庭责任，才离开男友返国，现在和还在上大学唯一的弟弟租屋同住。

相信如果不是悦光的外型与能多国外语，以她大学都没毕业尤其是她的年龄，担任AK的前台是稍嫌老了，虽然悦光看来不显年龄。除此之外她与葛薇星当初有所雷同的是急需工作，于是悦光回国接获第一个工作，即毫不耽误的马上就来AK任职了。

一群人非常有技巧地伺奉着陪汤先生开怀的笑了。汤先生能说中文，他的父亲是华人，母亲是日本人。他用中文对着悦光说："你真好啊！贵姓芳名呢？"

"我叫悦光，愉悦的悦，月光明媚的光。"悦光仍是挂着那招牌的笑容温婉亲切大方的说着。

"啊！好名字啊。"汤先生的声音儒雅低沉而有磁性，特别不显年龄。

刷了指纹。AK两片大门各自往左右拉开，葛薇星未进门就见袅袅挡在前台。她记得新修订的前台工作手册里，特别再加强过这个关于前台周边环境维护的章节，包含清洁、观瞻等。不应让任何人、事、物，轻易挡在台前，特别禁止聚众在此八卦是非。往往客户或厂商不经意就在此，听取了产品信息或业务情报等公司或真或假，或不应为外部所流通的消息。

此刻任何来访者，一进门首见便是袅袅熊背团立地挡在前台，实在不雅。经过前台葛薇星发现悦光旁边坐着一位陌生面孔，虽是陌生，但具有特殊的某种风韵或是气质？让人不注意都很难。葛薇星心里很快流转了几个念头，这新面孔难道要与悦光交接？这不该是Wendy一向找人的水平？尚在转念便听见袅袅经悦光要求下压低却仍高分贝的嗓门沙沙的说着："你交接完不做啦！我听说Akiens与Wendy要求前台一定要很漂亮很专业。我心里早有预感，你可能过不了Akiens那关。Akiens不喜欢你这型的。"

葛薇星未曾放慢进自己办公室的步伐，眼角扫到悦光只是摇头笑着说："音量小一点。你不能站在这儿，挡在前面不好啦。"

葛薇星虽已走远仍听见袅袅继续沙沙地说："你别介意喔！我觉得这你打扮是很性感，但是怎么好像那个上晚班的？"估计是对着那个新面孔说的。

葛薇星的钥匙还插在自己办公室的门孔上就听见电话不停地响，赶忙进去。接上的是小杜："早啊！Grace。听袅袅说他们要换掉悦光啊，这太可惜了。如果是真的，是AK的损失啊。不过我倒想接收，如果你认为没不妥的话。"

葛薇星一向不干预非她权责范围的事。此刻心里正琢磨：不仅是她下了功夫培训悦光，主要是她打从心里也认同悦光不仅勤奋，表现确实非常好。正想着就听见有人敲她的门。

葛薇星让敲着门的Shelley进来。

"我刚接业务部，我要用悦光。那个Wendy就非得跟我抢。我没说要人，没人要，现在我要她就跟我争。搞什么嘛！业务部要用的人不好培养，行政人事随便都能找人，分不清楚轻重。”Shelley抱怨着。

葛薇星放下心中的疑虑，开口这么说：“悦光是要升职了啊！才几个月，好像试用期刚过。是，倒是，升得好。你真是伯乐，专门替人升职，功德无量啊。”

“你是说自己是千里马啊！悦光没你的才干跟野心，但肯定是潜力股，我其实觉得她更像大老板娘的命。就拿这点赌她来干业务，业绩会蒸蒸日上的。”Shelley不再抱怨，开始得意地说。

葛薇星说：“你真会看！”

“你那副排骨相，一看就是自己闲不住的劳碌命。人家瘦是瘦，但瘦不见骨的，双颊丰腴下巴圆润满脸喜气，就是富贵相。”Shelley笑嘻嘻的说着。

“你也脸圆双颊饱满啊！还旺夫旺子。”葛薇星一直继续手边的工作说着。

“怎样？笑我胖是吧。我本来就胖，我胖得挺开心的。这会儿又拼得了个胖儿子呢！算是好命的。你可不好好吃胖点。”Shelley说。

葛薇星曾特别向Akiens推荐悦光，却不是替Shelley争取。她总觉得Akien需要一个可以信任的专业秘书。誉芳兼任这么多年以来葛薇星也不好意思提。这回誉芳请长假，她觉得是很好的机会。

Akiens告诉她:“很好，我确实一直想有位专业的秘书或助理。誉芳找的都不怎么样。”Akiens倒不提Wendy找他的情形。他接着说:“也请你考虑一下我的福利，找个……”Akiens露出一贯但少见腼腆的笑容继续说:“像你这样又漂亮又聪明能干的就太好了！”Akiens继续露出诡异的笑容说,“你不会是要自己兼任吧！再找找，再帮我找找！”

葛薇星觉得太有意思了，打心里笑了好久。誉芳找的不怎样，但是Wendy找的应该不差才是。她并不知道Akiens对Wendy找秘书一事，心里或多或少有种被赶鸭子上架的感受，因此并不特别认真也可以说下意识里是成心挑剔。

葛薇星仔细回想，悦光外形娴静甜美，在办公室里以她的外形确实也是大有市场的。难怪Akiens的秘书悬缺这么多年，看来这个老板也许真如大家传说的喜欢性感美艳型的。哪个男人不喜欢性感美艳型的。葛薇星觉得Akiens确实不喜欢太传统古典型的，她觉得他其实喜欢知性都会时尚型的。这像是在找秘书吗?

接近Wendy办公室门口就可以听见Shelley的嗓门，说的就是悦光到她们部门绝对是最有利于公司的一回事。

Wendy说:“我这儿誉芳请长假了，缺了一个人。再说我是咨询过悦光，悦光是真的对人事部门，特别是培训工作有兴趣的，我不反对你可以私下自己去问她的意见啊！”

“当初Grace也是到我部门才发挥潜能，一路到现在，你看帮公司赚了多少钱啊……”Sehlley习惯与Wendy抬杠的说着。

Wendy毫不客气地接着说:“人事部用人是有一定依据与作业流程的。”Wendy 接着说,“Shelley!请你专业一点好吗?我不会也不需要跟你抢人。OK?再说,这跟你什么什么以前的,跟Grace,都没半点关系好吗。OK?”

葛薇星在AK做了九个月的前台。是Shelley要用她,她才从前台调到海外业务部的。从此葛薇星似乎成了AK能升职的人里爬升最快的了。她也确实如Shelley所说帮AK赚了不少钱。

前台、茶水间、洗手间是情资、八卦的集散地,前台人员还是公司的门面,男性工作同仁的情绪指标。

02

把握突来的机会，崭露头角

当年时有传言，AK的前台声音美说话好听。有客户与厂商都说曾偷偷来看了AK的前台。

有天来了几个人。三个年轻男子梳着服贴上了油的时尚发型，分别穿着极度合身的西装或衬衫，窄脚长裤将腿形完全包裹显现，尖头油亮的皮鞋，绝对时尚有型。走在他们最前面的一个，头发花白，一袭早洗的泛白的牙白色POLO衬衫，罩着一件只怕洗得更白的卡其色马球裤，足登耐克，腋下夹着一个A4大小的万宝龙。活脱像一个经纪人领着一个明星团体似的。坐在AK前台的葛薇星直觉领头最不注重衣着的那个，肯定是老板。

大老板大约不出几种：西装毕挺着装正式的是典型；这型又有细分，常见是重视质感与剪裁，有考究的几款固定款式的。另外的类型则是考究经济实惠。虽然这都与财力有直接关连，但未必不考究品牌或造型的就是财力不足。例如台湾有名的经营之神王永庆就是。还有一种，是考究品牌与质感或重视造型讲究个人品味的，常见其对名牌精品有独到讲究与表现；再一种是完全不在意造型，品牌、质感也全然不放心上的，扮得更像街坊杂货店的老板，不知这是否能算得上是确认一个大老板的线索。这类要不是财力尚不及，通常就是本身没兴趣考究并且事业成就已然足堪为他的形象与代表，等同他的名片与造型了。

葛薇星按着自己撰写的接待标准，驾轻就熟的接待着这几位。他们浓重的广东腔说起夹杂着广东惯用语法的普通话。

“Shelley呢？我们是LULALA公司的，没通知就提早一天来了，不好意思啊。”

葛薇星依标准工作程序奉茶，向对方索取名片并确认其来意，进行正确有效的判断与接续的工作……

“Shelley不在，已通知她了，她正赶回来。”葛薇星对访客说。

当时Shelley部门就她一个负责全部海外业务，她不在，自然也没其他人可以接待了。葛薇星应Shelley要求正招呼着。

成先生一行人的普通话听来紧凑有趣，颇为戏剧化，就像电视上演的港剧。他急急地说着：“很紧张啊，我们晚上就去天津了。最好等会儿把订单说一说定下来。”

访客喝着茶，年纪较大的成先生说：“葛小姐这么年轻，还没嫁人吧？我帮他们打听一下。”成先生接着说，“你声音真的好听，他们每次都抢着打电话来听你的声音，花了我不少钱。我这次来，就是特别要来看看的。你说话真的很好听，人也很漂亮啊！气质很好啰。”

成先生是Shelley在香港很重要的大客户之一。约五十来岁，是老经验。从这个新兴产业萌芽期就做起，算算也快二十年了。他这么一说让与他同行的几个年轻人一时纷纷面红耳赤，低头或将脸往侧转的都有，当然也不都是。

葛薇星倒还好，因为这也不是第一次了。据传之前也有几个特别跑来看她，也说在电话里听她说话很好听，何时特别偷偷跑来看过了她都不知道。

葛薇星递上了新的产品目录以岔开话题化解尴尬。她一面请教香港的市场状况，一面专注地按步就班把产品目录的结构与各产品线的特色，以及各类产品在国内市况，就她旁听培训课程听来的向他们做了专业详尽的全套说明。不时还热心地报告她时而零星从其他国内客户或业务部那儿得来的讯息，说给成先生参考。

像Shelley这样有经验的老业务，面对旧客户多半是不会这么老老实实的按着产品目录作介绍的。业务工作做久了，多半守住客户会增订添货的长销与畅销品之外，只针对新品向客户做介绍，这是多数业务人员的惯性。特别是品项多的产业更是如此，有时多达数十种、数百种甚至上千种更多的品项，只怕连销售人员也难奢望他们读清楚或全盘了解自家公司产品目录里的品项。

忙碌如成先生这样的老板都未必会看为介绍新品特别制作的型录，更少会细看产品目录的。他倒是责怪了手下："你们这些小伙子都不看产品目录的啊！里面还是有些东西卖的。"说得几个年轻人纷纷委小气短。

葛薇星忙添水加茶，还找了些糕点招待，寰转话题，从他们熟悉的香港糕点如美心，与荣华月饼的招牌白莲蓉，一路聊到成先生的家人、小孩。葛薇星父亲经商，早年往返香港常带回客户馈赠的糕点，这些是葛薇星关于香港仅有熟悉的话题。

Shelley途中遇上有交通事故大堵车，眼看都一个钟头过了，距离公司还远着没有半点拉近，真个是心急如焚。

这边客户倒不觉得久等。与葛薇星聊得正兴浓。成先生用广东腔语法说着："葛小姐不只说话好听人又温柔啊。这说话不只声音好，是有内涵有墨水啊，很文雅的。今天听了你的介绍，我们是有收获的。你有脑筋又用心，你老板该帮你升职，你不做业务太可惜啦。耶！还是考虑到我这边来，我是说真的，你考虑考虑。"成先生转头对身边的年轻人说，"阿铭啊！把订单拿出来。"

成先生一旁的年轻人取出事先准备好的订单。成先生又加了十几个在产品目录上抄下的品项。成先生一边在订单上添加货号一边说："这些是因为你的介绍加订的，你帮你老板赚钱啦。"

葛薇星一贯的吴侬软语说着："我帮您赚钱。"

成先生听了哈哈大笑的说："好啦！你帮我赚钱。来吧！来香港我请你啦。"

葛薇星细看那新添订的十几个品项，大约都是下了一千到一千三百个的量。再看原先写在订单里的品项，差不多有二十几种，多半下了有三千个的量。她大胆的向成先生说了：“成先生，您看如果这新添订的十几个品项全下两千个有风险吗？”

成先生大声一阵笑接着说：“你不怕我没这么多钱付吗？你不怕就行啦，好！就听你的吧。全下两千个啦。”

葛薇星全身涨满了的热燃烧着兴奋，虽都热到胸口喉头了，听来仍是软软的说着：“成先生一切顺心如意，生意兴隆。这些很快卖完的。”

“你来卖会很快卖完了。”成先生仍是笑着说。

葛薇星说：“是！是！是！我去帮忙卖。”

葛薇星找机会把状况通报了Shelley，并告知客户差不多时间可能就要走了。

Shelley在电话中可以充分感受到客户显然非常的高兴。她一只手拿着手机，一只手比画着，在电话里对成先生又是撒娇又是道歉的，反正塞在车阵中动弹不得，方向盘早闲置了。

成先生对Shelley说：“你们公司那个小姑娘了得啊！你放心啦，订单给她了。加订了很多，你给我什么折扣啊！”

“什么折扣都行。成老板最疼我了，你说的算。我知道你从来都让我在公司很有面子的。没有你我哪还能在公司混呢！”Shelley百般娇嗔的说。

成先生听了更是加大分贝说：“嗳！你这个女人啊！我加订这么多，你不能一点折扣都不降，先跟你说了啊！”成先生接着说，“啊！好啦！好啦！你这个厉害的女人，什么时候来香港陪我喝酒啊？”

也就是成先生走了的第二天。誉芳问了葛薇星让她到国外部跟Shelley一起开发海外市场。她就这样升职了。

AK成立短短不到五年，初期海外业务就Akiens自己开发。后来挖来了Shelley，除了产品线日益增加，Shelley本身的业务资源与努力让她成了公司的红牌业务。可以说AK这三年的业绩增长全靠她海外业务，所以她要人并指定要葛薇星，用人非常谨慎的Akiens照办了。如果不是Shelley指定葛薇星，以誉芳极其忙碌的效率，一般进新人也不会这么快的。

葛薇星到海外业务部的第一个工作是筹划参展。这也是AK首次参加这个海外大型展览。虽然整个海外业务部就两人。Shelley认为她要突破业务瓶颈这个投入是必需的。Akiens更清楚随着产品线相较创业初期扩充，参展是时机了。而国内市场的瓶颈才是Akiens心上真正的痛处。

葛薇星接待了Shelley指定的WU这家整合营销顾问公司的业务人员，对她来说真是收获良多。

虽然葛薇星自己就是学营销的，但是来AK之前只在父亲的公司里帮忙，见闻的视野由于父亲是业主固然不同于一般，但是并不是专业专注在营销上面。后来父亲生意出了状况，迫于生活的考虑急于找工作。生平投递的第一份履历，也是第一个通知她面试，并且第一个通知录取她的，就是AK

的前台。当时葛薇星想都没想只求马上有工作。

接下筹展，接触了WU，葛薇星如入宝山。她自己很仔细地罗列了工作清单。包含展场的形象设计；展示品的陈列，也配合导引客户的心里进行动线规划；展前对客户的邀约；还有媒体计划的安排与配合。

她尽其可能的模拟了各种客户可能的提问，设计了几套标准的话术。另外制订了几款表格，包含客户数据与访谈记录。不仅收集客户名单，并要建立客户情报数据，进行分级与展后追踪。虽然这些WU大部分都有现成的模板可以选用，她还是多方参考，自己规划了AK专用的一套。

WU的东西毕竟累积了许多人的创意与长期的经验，对她启发很大。让她直接检视自己思维的漏洞，也看见不同维度的想法与更多的周延。

到了海外业务部之后，让她对所学的营销工作有着全新的体验与学习。特别是开始与WU合作的这每一天，都让她对工作充满了期待与无比的热情。

由于AK的预算有限，很多细节执行由WU提案，AK需自己执行运作，因此葛薇星更乐于如此每日上班到晚上十一、二点。往往她有大部分时间都在WU，忙完了自家AK的案子，就在WU加班。因为与WU的员工混熟了，也主动帮忙参与了WU接的其他案子。周末假日出勤比WU的员工更投入，好几次WU的员工都以为她也是WU自家的同事。一段时间下来，很自然的接触了不少媒体资源，间接也认识了一些专业的第三方与知名的专业人士。

这天周末WU有个大案子要公开征求提案。她自己也当功课，连着熬夜好几天全力做了几个方案。葛薇星振奋得睡不着，一早就到WU上班，手里一直拿着并反复看着自己写的方案。

真是很早，才六点多，她自己也不确定这么早是否进得了WU，她期待在没人到以前，也许进得了大会议室演练演练。虽然如何也不会轮到她汇报提案，毕竟她不是WU的一员。

一切真是顺利，她觉得自己真是幸运。WU的自动门见她就开。门一开就见红色的大沙发上斜躺着个人。一听自动门开了他说："耶！几点啦？"这个人似乎有些迷糊但挺客气的问着，倒也不像真要有答案似的，看来是喝了不少。

这些日子葛薇星见识多了，像WU这样的公司应酬比AK更凶。没等葛薇星回答，他看她的眼神好似示意她帮忙取些什么，她顺着他的眼神示意的方向寻去，果然地上有个纸袋以及零星散落了拆封的有助醒酒的药品。她拾起，发现盒里是空的了。

葛薇星先倒了杯温水在沙发边。她那一向温暖亲柔的语调就轻轻细声的在他耳边说了："您先喝些水。我再给你买去。"他瞪时睁大眼睛看了她一眼，也不知听明白没有，又再度阖上眼不动。

葛薇星在7-11便利店买回了解酒饮品。一个是同刚刚空盒一样的，一个是以前她常替父亲买的牌子。回到WU，地上收拾的不着痕迹，仿佛那个人从不曾在那儿。

陆续有加班的人来了。不等到九点大会议室就紧张的忙碌起来。开的却不是葛薇星所认知的提案会，原来早通知了改期，只是葛薇星没收到通知。她自然是不会收到通知了。

虽然失望但这仍是让她兴奋丰收的一天。她不需要也不可能进大会议室开会，她跟了WU第三组参与了一个广告策划案的执行。她不挑工作，热情勤奋，大家都乐得多一个反应敏锐积极勤快又没有威胁的帮手。时间飞快，一直忙到晚上九点，她出来帮大家买吃的。

就在麦当劳有人轻拍了她的肩，她回头，一早就躺在WU沙发上的他对她说："耶！丫头，这么晚还没吃啊？"旋即递给她一叠资料，继续说，"唉！你跟我一样啊，丢三落四的。"

葛薇星见他应是刚吃完东西，一张油嘴。收下那一叠资料，将麦当劳的纸巾顺手递给他。没听清楚他说谢谢。看清了那叠资料，早已全身一阵热一阵冷，肩颈灼热指间湿凉。那是她准备的提案，她心想：怎么会在他手上？一定是早上忘了的，自己竟全然没发现，他到底是谁啊？是不是WU的员工啊？天啊！肯定看了她的策划案了，啊！真是太丢脸了，太惨了。葛薇星自觉尴尬得直把头低的不能再低，只恨没能有个洞让钻进去。更不知他是何时走的。

AK整个参展巨细靡遗大小工作，几乎就靠葛薇星一个人早早晚晚的忙着，葛薇星日后才知道这真是最好的培训。几次工作进度的汇报，Akiens与Shelley倒是非常满意。出国前一周Akiens与Shelley非常重视的与WU这边进行了最后一次全盘工作的汇报与沟通。

Akiens特别就近在WU附近的餐馆请了WU参与AK这个案子的工作人员吃饭，还让Shelley与葛薇星一定带着招待唱了KTV，高高兴兴的闹到夜里十一点多才散去。

葛薇星怕酒，不像Shelley能喝。仍是与大伙喝得微醺，她刻意等大家都散去，才独自走出酒气闷醺的包厢。

深秋已颇凉的夜里，凉风吹得葛薇星觉得特别清新愉快。沿着她走的方向，不远处有辆车迟钝歪斜，似有自知之明的驶向路边停靠。这等景象在这个城市，此刻只能算华灯初上，酒国夜方兴隆，不足为奇。旋即下车往一旁巷子走去的身影却极其熟悉。待葛薇星走近，车主也自路旁的巷口返来。

是他。那个在WU遇见不知名却可能看了她的策划案的男人，他一见她便说："唉呀！丫头，你怎么这么晚了呢！"

这个满身酒意的人，不顾她正品味着这些日子以来的工作，还有今夜这沁入心肺却醒人的凉风，非拦了车赶她上去，还得看着车开走才行。

葛薇星寻思他肯定醉得开不了车，才停下在路边的。葛薇星担心他驾车危险，就让出租车司机在最近路口回转绕回原处。就见他手里拿了杯仍冒着白烟的热饮，从方才巷口再度走回车边，葛薇星付了钱下了车。

他惊讶的看着葛薇星，非再送她上车不可。拗不过喝了酒的人，她再度被送上车。这次多走了一个路口，葛薇星仍不放心，几番犹豫总觉得如果他勉强驾车太危险了，若因此出事故她怎么会安心呢！这又让出租车驶回了原处，就见正要开车门的他。

他见着葛薇星说着："你真牛啊！"

葛薇星心想：牛？你才固执吧。

他进巷子估计是去吐了。这吐了三回又喝了热水，显然好多了。他执意搭车先送她回家，到了她下车，还让出租车等着，他下来帮着她开门。等着见她走进公寓大门，他才再回到出租车上。

她才进屋不一会儿就收到他的短信："到家里了吗？"她回复："刚到，请放心。"她学他的周到也发了："您到家了也让我知道吧。"

在出租车上他让她记下他的电话，轻轻抚了抚她的头发并叮嘱说："有任何困难还是麻烦或是有谁欺负你了，就打给我。"

当时她不知道他是谁，对他说的话也没放心上。也就是礼貌的递上了自己的名片，介绍了自己的名字。没想到醉成那副德性也没见他瞧一眼名片，他竟然还能在名片上找到她的手机发了短信。

过不了多久她又收到他的短信："我安抵，你放心了，早点休息吧。”

她回复了:“晚安！好梦。”马上又收到:“同梦。”

同梦？次日上班前，葛薇星才发现他后来又发了一则:“你那么晚一个人在那儿干啥？”

AK海外业务真是红红火火。展览结束之后这已有四组新客户来访，有几组更在短短半年之内来了两三次。特别是GE这个新加坡与香港合资的公司，预计一年内要在国内发展四个以上的门市。第一次来访事先已与WU有活动协议，还是WU老总亲自接待。Akiens对此也是格外重视。

GE一行人首抵当晚的餐会，Akiens对葛薇星频频确认。那也是葛薇星首次搭Akiens的车，就见Akiens非常紧张地一面驾车一面指示:让Shelley提早一天，务必明天最早班机就回来。

当时Shelley在香港出差，原来GE来访葛薇星接待也可以了，但GE总裁出其不意的也来了，其对手公司OP闻风也刻意在此时来访。两个极有影响力的大集团同时来访，Akiens怕分不了身，只得紧急召回Shelley。

Akiens接着一面念着一组电话让葛薇星拨打，葛薇星复诵着这个她有点熟悉的号码，听着Akiens说:“这是WU老总，姓扬。这家伙太红了，确实也很忙。我打了大半天了他也不接电话，急死我了。你得不停一直打，接通为止！把酒店地点告诉他，让他别晚了。同时把状况发个短信给他。”

其实日间Akiens早让人把餐馆地点、时间、细节留言给

WU老总了。不似Akiens说的，葛薇星电话一拨通才第二响对方就先传来：“小丫头！啥事啊？”

是他，原来他竟是WU的老总。葛薇星有些小诧异，但仍是向来轻盈温软的语调很恭敬的说：“扬总您好，打扰了。我是AK公司的Greace，我们老总让我通知您……”对方耐心的听她说完，亲切的回了一句：“好的，我知道了。”就收线。

进了餐馆包厢，GE一行人准时抵达，尚不见WU扬总。Akiens焦急地自己打了几次他的电话，总没接上。Akiens急地嘱咐葛薇星发短信催促，葛薇星发出短信：“扬总一切顺心……”旋即连收到两则：“马上出发”；“路上了。”葛薇星回复：“别急。您慢慢的，注意行车安全。”

GE总裁与WU扬总原来是旧识，看得出GE总裁非常礼敬WU扬总。葛薇星发了自己的名片换回了大家的名片，原来WU扬总单名一个升。也是这天葛薇星得知他是有名的好酒量，席间见识了他的风趣健谈，同是老总全然另一种典型，不似Akiens腼腆。

Shelley不在。多亏有扬升谈笑风生，气氛掌握得极好。这次AK的业务多亏扬升在餐会上大力促成，AK丰收！

Akiens非常高兴，话仍不多酒倒是喝得毫无保留。几番觥筹交错酒兴正浓，不善喝的葛薇星早红通通的一张脸。

扬升透过他的眼镜看了葛薇星一眼，眼里说着：“别喝了，不许再喝。”

悄悄地，在合适机会，葛薇星依着他的指示把自己杯里的酒倒在他的杯里。

席散她发了短信："不知道您是如此大忙人，还耽误您那么多时间帮我培训与指导，真是非常感谢您。让我好好谢谢您，请您吃饭好吗？"

马上就收到回复："喝多了吧？还好吗？到家了告知。"

短信接着又来："今晚还可以吧？"

葛薇星回复了："您真是精彩万分。"

应他要求她返抵住处通知他："到家了，您到家了也让我知道。"

也不知他怎住的这么近旋即就收到回复："安抵，你喝多了，好好休息吧。"

她又提："一定请您吃饭好吗？"

他马上回复："应该祝贺你，辛苦有成，看来丰收了。我请你吧。丫头！安心，快休息了。"

多亏Shelley海量能喝。葛薇星老早有见识，衡量自己不是喝酒的料，非得在专业领域强化不可。

GE有几个香港人特别能喝，距上次他们来，这相隔也就三个月，上次他们总裁在他们不怎么喝。这回Shelley可得拼上了。总算也没白喝，加上之前扬升相助，他们采购量已直逼香港几个旧客户加起来的的总量了。

这天也是喝得有人坐着酒店的轮椅回房间才算完。Akiens吐了好几次，海量的Shelley也是拼得少见的踉跄，需得也已微醺的葛薇星搀扶着才行。

Shelley不肯让葛薇星送她回家，却非得跟着回葛薇星住处。任凭葛薇星如何为难，百般推辞，拗不过酒喝多了的人。

两个人回到葛薇星租来的小屋，进门也没开灯。踩着窗外洒进来的月光，Shelley拉长的身影映在较一般略小的单人床上正好完全占满。她大笑着说："不像你说的，还有走路的空间啊。"

Shelley摇摇晃晃踉跄地走着说："瞧！这不就够我走得过去了。"

葛薇星忽然想起些什么，赶忙抢往床头将一个电子相框往床下塞。

砰！的一声。Shelley已重重的把自己摔往床上。两人挤在床边，霹雳啪啦四处都是书本纷纷跌落的声音，有各种经营管理的商业期刊；各类有关市场、营销、策划、沟通、业务等许多相关书籍，连仪态、走路、社交礼仪、红酒大全的书也都有。

Shelley惊呼："哦！天哪！我早就知道你这个女人了。啧！啧！啧！野心勃勃，还真是功夫下到家。"

在这约莫三十坪米的小开间，总算有独立的一间卫生间。没有书桌，事实上也摆不下了。贴着墙面勉强有个狭长的化妆台，整齐的摆放着一系列MBA的教材。

你在读MBA？不会吧？哪来的时间啊！不累死你吗。

干吗呀，浪费钱。Shelley醉得说话都大舌头了，更是爱说："那些专家根本是专门害人家，你看那名人X之前忧郁症，看的心理医生还说是名医，后来名医不是也闹自杀，名医自己都要进精神病院了。这样的例子在各行各业都有，三两天都可以在电视新闻或报纸上看到。有时都搞不清楚什么算新闻！"Shelley就这样离题没太多逻辑胡扯的说着。

葛薇星没答她，倒是问："你不用回家啊？"

"我婆婆来了，我得等酒味没了才回家。回家之后还要洗衣服呢。"Shelley半阖着眼假寐着说。

"洗衣服还不简单，是洗衣机洗，又不是你洗。"葛薇星接着说。

"就是我洗，其实是我老公洗我做做样子啦。"听得出Shelley稍有得意地说。

"这么麻烦，你们家没洗衣机啊？"葛薇星继续说。

"有。但我婆婆来就必须坏掉。"Shelley说。

"坏掉？"

"是啊！把电线剪了就坏了，她走了再接上咯。"

"为什么？"

"我婆婆其实对我们很好，但是她觉得洗衣烫衣是女德，要自己动手。所以我们只好在她来时让她相信洗衣机是坏的。她每年难得来一两次，当然她儿子要想办法咯。"Shelley说着。说到这儿她转身支着头环顾四周的继续说："你就这小房间也能乱成这样，算是跟我有得拼的。我们家都是我老公负责打扫卫生的。我也要工作赚钱，我赚的钱也不见得比他少啊。不过啊！男人，你就是要会动口，就可以少动手。喂足他甜言蜜语，他就为你做拼命三郎了。我每次回家，说实在是真的很累了，但总说他累，要帮他按摩，还不是他帮我按摩。我把薪水交给他，都说他聪明比较有数字观念，其实钱全存在我名下。女人啊！还是要找个好老公。你呢？有没有男人？老实说。”

Shelley边说着便伸手往床下捞，继续说：“床下的是什么？”

急得葛薇星去抢，两个喝醉的女人扭成一团抢得直到精疲力竭。Shelley就压在葛薇星身上，她向来极显眼丰满的胸部挤着葛薇星的眼鼻，葛薇星无论如何一心死守着她的电子相框。

Shelley迟钝的翻起身说：“看不出你瘦归瘦，该有的料也有嘛。”

Shelley隐约瞥见了相框里是一个男子的侧面，还带着墨镜。

Shelley说：“你笨哪！还抢，此地无银三百两。就一个侧面嘛，你是暗恋人家吧？”

一面说一面动手硬是摘下葛薇星的黑胶眼镜，两张脸几乎就贴在一块了。

“这么又浓密又长的睫毛啊！”Shelley继续说着，“要不是你老戴着眼镜，我就打赌你这又宽又深的双眼皮是整来的。那么漂亮的一双眼睛，干嘛藏着怕人看。有野心就晾出来，你大有前途，有脑子还有面子，但是记着啊，找个好男人比工作实际。”葛薇星其实早气得涨红了脸。

在Akiens办公室里Shelley益发娇嗔的说着。Shelley太明白这个老板，她肯定得来软的，就算自家公司自己人，怎么也都得像酥麻客户那样酥麻他:“老板啊！”这一声，可是拉得又长又尽其所能的娇嗔。“为了公司业务，我和Grace这半年来都过着酒家女的生活了。”

Shelley仍是不急不徐娇嗔地继续说:“您也看到啦，这四个新客户全在展前Grace的潜客户名单里，今年光这些订单，海外业务绝对增长超过一倍以上。Grace的能力与绩效，都不比现在任何一个业务经理差，如果不升她，很快她就被对手公司挖走了啦。”

Akiens自然明白这个发展的可能性很高，虽然这些业务的引进与成交主要还是Shelley，但那是因为有Grace。

无论如何葛薇星肯定也会是明星。给葛薇星升职不是问题。Akiens明白Shelley这是一箭双雕，升了葛薇星她做了大好人，拢络了葛薇星，还大大提振士气。重点只怕是她自己更要升职，同时调整工资吧。她这往上是总监职级，福利大大不同，还享有股权，晋升公司股东了。

Akiens心里正盘算着，有这两个女人，今年海外业务超过国内了。一方面开怀，一方面也深深的懊恼着，怎么会用了个简筱域呢!

简筱域从Akien办公室走了出来。极难得简筱域会在这时候出现，并且一待两个多钟头。

除了Akiens，大部分的人相信简筱域每天进了办公室，简单早会之后就到楼上齐鲁证券上班，说是陪客户，都是股市大户。他一般都短进短出，野心不大，挣得够他下午轻松上茶市喝茶交换情报，打听小道消息的了。

AK的业务也不用简筱域费心，公司新创立前几年增长很快，这几年也从不会衰退，估计是每年有新品撑着。

Akiens开发产品是有一套的，这早在Akiens创业前，他们还在前个公司当同事时他就知道了，否则大公司虽不好混，但也不致换来这个新公司。

Akiens决定照简筱域的意思成立市场部。除了公司发展确实有需要，他心里其实是想着:在简筱域旁边放个市场部培养着，也许有良性竞争，更好是培养潜在接任不适任人员的好方法。

AK业务长红。特别是引进了GE与OP这两个大户，不仅在同业日益受瞩目，获利能力也在股东之间渐受重视。光是征求一个市场部经理也是沸沸扬扬的。

Andy不仅以创业伙伴以及公司董事的身分，其实更多是以老朋友的立场对Akiens说："我小舅子想来，我就不好意思说。但是老师的女儿很难推得了，人家履历表都投送两个多礼拜了，据说也没接到面试通知。"

其实Andy也不是第一个了。Akiens觉得真是烦，还真从也没想过，不过是个市场部经理，怎的忽然这么抢手。这些人到底知不知道个什么啊？

Akiens琢磨了好一阵子总算说了："怎么说你也是大股东，我就明说了。现在公司是很挣钱，但那是我严控成本，我不能用个虚职，业绩虽是年年成长，但是国内市场三年都没增长了。"

他心理想着，多亏海外部新来的那个叫什么蕾丝的，也不知哪来的潜客户名单，莫名其妙增长的吓人，更重要的是打开了AK海外业务的大门似地。但终没说出口。

"我不是要花瓶提振士气，我要真正能突破僵局的人，要有换人的备案。"Akiens对Andy说。

"怎么会是虚职，还说是花瓶。人你也没见过啊！你至少给个面子见见嘛！"Andy说。

葛薇星正送来下午董事会要用的有关海外业务的资料，就在Akiens门边站得有一会儿了，她自己都觉得有些尴尬。Akiens门虽未全掩上，但她仍轻轻的敲了几下，也不知里面的人太专注还是她敲门像说话一般轻盈，总之没人通知她可以进去。她正犹豫着，一个满脸络腮胡着装时髦的男子也不理会她，推了门直接走了进去边说："怎样了，先吃饭吧。你们两个密谋什么呢？吃饭再说，我饿死了。”

Andy回应他了:“唉啊！不就是一个市场部经理嘛，他不知道拗个啥劲。”

“找不到人啊？容易！容易！嘿！门口那个！”满脸络腮胡着装时髦的男子他把门敞开，示意葛薇星进来。接着说，“不好意思，你怎么称呼？”

“葛薇星。”葛薇星答复他。

“嗄！有没有英文名字。”

“喔！Grace。”

“就她，就她吧，一看就是聪明勤奋的范儿。人家在外面可等很久了，就这么定啦。这不就解决了。先吃饭吧。”满脸络腮胡着装时髦的男子满脸笑意的说。

Andy笑了:“这下定了，监察人钦点的。”Andy接着说。“好啦好啦！先吃饭吧，我们监察人饿了。”

不怕事就有更多机会，永远要记得像新手那样坚持基本工夫

03

博机会，美人计永远不老

葛薇星摘下了眼镜。搞了好久终于戴妥了隐形眼镜，比想像中舒服太多了，如果没有经济考虑她真想再也不戴眼镜了。她仔细的化了妆，换上特意去买的牙白色连身裙，衬出她出谷幽兰般的气质与白皙的肤色，她自己看了都不习惯，实在张扬。

自从葛薇星到了海外业务部这近两年的时间，她总是深色长裤西装。她直觉今天这个打扮对她是最有利的，她早已做足准备一定要成功。

葛薇星提早了五分钟走进了预定的餐厅，她估计过不能迟到也不能太早到。据说这个餐厅的泰国菜是他最喜欢的。她考察了现场，预定这个座位，视野不是最美但也不差，让谈事情是焦点免被视野分散，自己坐定在早已看准了合于主宾礼数灯光最佳的位子。

她看见一向准时的他走进来了。显然正搜寻着她。她同平日一贯地优雅地举起手。他愣了有一会儿，才朝她走过来了，显然他一下没认出她来。她自己也知道太唐突了，事实上也是再三挣扎犹豫了很久，她才对Akiens提出周末请他吃饭。

他满眼藏不住的笑意一贯腼腆的说："你今天真漂亮，先说好，我请客。"

这一顿饭吃了三个多小时，买单的自然是Akiens。看得出他非常高兴。确实，光听葛薇星说话已是美好愉悦的体验。更何况他确实听到了可能有发展的业务计划。谈最多的自然是公司的业务发展与营销工作。

葛薇星先重点介绍了自己是学营销的。授业老师有几位在业界也算得上有名气的。另外她也曾在知名的广告公司实习了一段时间。MBA里的老师包含同学更多的是有名的专家与企业家。

最主要还是她准备了极其完善的书面工作计划，对国内市场分析入理，不仅有方案，更自定了业绩目标，也不知是不是初生之犊不怕虎，竟自己扛起了业绩。

就这样，腼腆的Akiens顺利聊开了。迥异于平日的惜字如金，他大说特说自己的留学生涯与创业经历。如何申请奖学金；如何节俭过生活；如何拮据也驾车游历了全美各州。留学生涯颇为精要的一环，男女如何邀约的相亲大会发展至今，继续精彩不减当年。结婚、离婚、别离、重逢。据他的看法，显然留学生的婚姻，有经济，有寂寞，有着身心与生计等许多因素纠结在不同时、空。就是他身边的经验，不少从留学时期开始的故事仍分分合合的持续发展到现在都大有人在。

这些对葛薇星来说倒是新闻，无论是在公司里的前台，或是茶水间、卫生间等八卦、情资集散地，都不曾听闻过的。

葛薇星自始至终满脸笑意，愉快地先是说着，接着听着，并总能适时适当的以予钦慕的响应。她深深明白不仅要充分有效的表达自己，更要让对方有成就感、满足感，要让他说到尽兴，做好这一步她就离成功不远了。

事实上，听着自己无从想像的人生经验，也极有意思。让她印象最深的是，十几年前，正当二十来岁的Akiens，怀抱着满满的人生理想与对异国旅程的绮美幻想，踏上人生起飞的旅程。生平首次登上飞机，设想美丽的空姐，将如何低身温柔地帮他覆盖滑落的毛毯，心里还设计着如何特意让毛毯适时滑落。

正当Akiens想像着无尽的温存，空姐就逐位问起用餐，没待空姐发话问他，老早期待已久的Akiens主动快速的说："麦当劳还有可乐加冰。"这是他向往已久，想像中飞机上高档时髦的供餐。空姐狠狠地瞪了他一眼，鸡肉面条、牛肉米饭选一样，这就更别说有温存的关怀了。

还有Andy的故事也让葛薇星颇有所感。长期与妻小分居国内与美国的Andy，前年春节返回美国过年时，五岁小儿子与妻同来接机，妻子去了洗手间留下他们父子俩在车上等着，等了好一会儿，安静乖巧的啃着甜甜圈的小子忽然嚎啕大哭地说着："叔叔！叔叔！我要妈妈，我要回家。"

虽然是三个多小时，葛薇星却觉得好像已走过了好一段的人生。不知是自己极有可能跃进崭新的工作局面，还是听了Akiens岁月的故事。

葛薇星离开餐厅时，有种恍惚，步履特别轻盈飘逸。在餐厅装饰用的镜子里她瞥见自己的身影，自己都觉得自己今天真是漂亮。是的，一个人要先自己肯定自己，才能散发让别人肯定的气质。

走出餐厅她倒是想：此刻该先跟Shelley打招呼，其实是应该事先打招呼。但是无论如何现在都必须解决这个问题了，怎么说才好呢！她想着。

“说吧！直接说吧！你这么省的人，今天请我吃得这么好，是啥心计。”Shelley单手支着头盯着葛薇星说。

葛薇星递上事先准备好的一个标准包装的LV，里面是一个皮夹。她们在海外参展时，她注意到Shelley反复看了好几次都没下手的。

“Shelley姐，我衷心要感谢你。”葛薇星叫她Shelley姐，AK上上下下无关年龄大小，大部分人都是这么叫Shelley的。

没等她说完Shelley抢着说：“有人挖角你啦？”

确实陆续都有对手公司联络过葛薇星。包含WU第三组的经理也很赏识她，问过她。

“不是啦，我想跟你商量，去争取市场部那个职位，毕竟营销是我的专业。”葛薇星一如平常说得让听着的人非常舒服。

“有吗？有这个个位子吗？”Shelley确实不知道。那天如果不是送资料意外听见，葛薇星其实也不知道AK在找市场部经理。

Shelley接着说："说得也是，你会在这儿说，肯定有这么回事了！是不是专业不是重点，除非是医疗或化学其他特殊专业，这年头哪有几个做的是自己专业的。我只是真没料到这么快。"

Shelley继续说："好了，直接说吧，怎么回事？"Shelley的手可没闲着，拆了LV。

"你怎么知道我喜欢这个！。天啊！你，你监视我的心！"

"很贵呐！退不了对不对？你用这招忽悠我，哦！我真的受不了了。"

Shelley笑靥如花继续说："你这个女人太可怕了。"

Shelley叹口气接着说："挡也是挡不住你的啦。"

Shelley忽然有所发现的继续说："唉呦！你真是喷射机呐，来我这儿一年，帮你搞了个经理。现在你这海外业务部经理也就干个一年，又不知搞啥把戏了。不想也是，只怕你想要的，都能搞定。你当着心点，有时爬得疾不见得就快。"

Shelley继续说着："还有，记得别忘恩负义啊！"

Shelley说着并不住地把玩着透着新味的LV。心里惦着：葛薇星因为父亲生意失败负债，一直是非常节俭的。嘴上却只说："祝福你啦，反正你在市场部也会帮我大忙。"

AK正式成立了市场部，都谣传监察人要求要从内部拔擢，葛薇星就是他钦定的。以葛薇星在海外业务的作为与绩效也不足为奇。这些种种，监察人本人倒一无所知。

实务操作上葛薇星并未完全依她对Akiens汇报的工作计划进行。她评估考虑了许多，特别是国内业务。她深知AK国内业务部懒散习惯了。每一个市场部的工作只要涉及增加他们的工作量，在没有具体诱因之下，凭她一已之力，肯定窒碍难行。

她必要成功。首要之务让他们觉得没啥麻烦，但是却见到具体的成效，特别是销售数字的增长。需得在短期之内，让他们感受到她与他们不同的专业强项，取得尊重。并且是诚心来帮忙，获得认同。她不仅分摊了他们的工作并确实有所成绩，取得他们充分肯定。她才能立足于业务部真正建立起市场部。

这是她第一阶段的工作方针。取得团队认同，树立专业形象，产生价值也就是具体业绩。她在自己的工作手册上就这么写着。

葛薇星陪着简筱域在一个茶餐厅里，她正仔细说明整个下半年的营销计划。简筱域听得真是舒适愉悦，这么耐心轻柔催眠似的吴侬软语任谁都爱听的。其实面对这么温婉亲切的美女真是凡事好商量了。简筱域的心思无异于平日，关于葛薇星，他所有最复杂的想法，即是有个戴着眼镜柔弱的小女生来帮忙推广业务了。

与简筱域谈完工作。次日开始一连数日，她分别逐一与各区经理，就她所掌握与新增的营销计划，就全国共同与各区各别的都做了详尽深入的沟通与协调。她的工作计划仔细与周延，尤其并不需他们大费周章增加劳动，轻易取得了各区经理的认同。

工作初期，有些区域经理也不是没有疑惑的，毕竟很多操作是过去所没有的。半年多毫无计较的配合下来，她完全没有假期，亲力亲为的跑遍全国。不仅与各区经理密切的工作配合，实际产生的业务绩效，都令各个区域经理深受感动，日益建立起同甘共苦的情谊。整个市场活动，就这样有计划有系统的运作起来。

有些区域经理不仅乐与这亲切和善的美女出差共事，更善加利用她的专业，特意引荐美女给客户，让客户听她的吴侬软语与市场情报，讨客户欢心。

葛薇星也因此有计划的拜访，结识了所有的客户，逐步建构她计划中的业务地图，并不厌其烦就自家商品与客户的销售绩效交流想法。对客户的营运状态她都抱着学习的态度请教关心，并热情参与协助，不时诚恳地提供自己的建议，不仅培养了极佳的客情，也展现了深受肯定的专业，并总能适时自客户那儿取得对手公司的一线情报与市场状况。无形中，她也在客户那学得不少运营管理的实务经验。

葛薇星每次外地出差回来总会带回当地特产分送各区业

务助理，赢得极好的人缘。简筱域底下钟嘉浚、景观等不仅对她的专业非常肯定，各个业务经理也都挺喜欢葛薇星的，除了她说话好听，为人客气周到，最主要是与他们没有竞争威胁，工作亲力亲为勤奋细心与专业周延，确实让他们的销售有所提升。这是非常实际的，直接关连绩效考核的奖金。

至于与Shelley海外业务的配合，原本就让Shelley很满意的。

这一切都在简筱域意料之外，其实几近是一无所知。直到年终他才发现突破了几年都未成长的业绩，更重要的是刷新销售数字了。在Akiens办公室里他很高兴，极其得意的说着："早就该成立市场部了。"

做完新年度的产品计划，并与业务单位进行意见整合之后的隔周，Akiens急于要确认业务计划。

为了拟定新年度的业绩目标，Shelley与葛薇星事先花了好些时间讨论过，因此在向Akiens这边汇报时很快取得认同。对于Shelley提出的新年度海外业务的成长与销售目标，事实上是高于Akiens心中的期待的。

国内业务以景观与葛薇星在市场的业务推广最为多元创新。景观不仅之前在AK屡次绩效第一，这半年下来在景观辖区，不光是销售，包含上架率、产品周转率等多项业务指标更是领先同业了。不仅时间极短，也是极不易的重大突破。其他区域今年都见增长，也充分可见来年仍有机会跃进。根据数字表现与葛薇星的报告，Akiens充满期待地等着简筱域的国内市场计划。

简筱域分析了国内市场并不乐观，不知是没看葛薇星与景观、钟嘉浚等业务经理的报告，或是不认同。他表示：今年能成长实属不易，并且一下成长了那么多，下个新年度肯定成长不了。

简筱域说："HU和DR今年都有重量级产品要推，我们肯定会受到很大的冲击。听说SF很可能今年I.P.O，如果是真的，那么为了冲业绩他们一定会降价发货，加码奖励拢络经销商，我们就更难做了呀。"

Akiens一如往年，听得脸一阵紫一阵青，气在心坎里。

简筱域全然无视，继续一贯好好先生般缓滞的语调说着："怎么看，我们对下个年度都应该保守评估，不太可能增长。"

Shelley听着，毫不避讳一如往例不屑地笑着。

Akiens已好几年都听简筱域这么说，就是年复一年这么气在心里。他转头看Shelley自顾的笑着，正要对她发话。Shelley瞪大眼睛指着葛薇星。Akiens顿时如获至宝地说："耶！Grace你来说说你的看法。"

"我？喔！我说说我的看法，大家参考参考。我认为

HU和DR推新品，我们大可趁势而为扩充市占。他们毕竟是比我们大的公司，营销预算也高。就我所得到的情报，他们都将这款产品列为年度亮点产品。HU和DR这两个新品功能看来相当竞争，功能雷同度很高，双方势必都将会投入很高的营销预算。我们也有相仿的产品，稍稍将功能强化，如果能附加一个他们没有的小功能，以此包装宣传，反倒可在他们的新品推广下占点小便宜。主战场让他们厮杀，我们啃食空隙与有利润的市场。”葛薇星说得明明是激烈的商战，却仍是一派不急不徐轻柔的语调。

Shelley兴致很高的追问："说说实际的战略吧。"

葛薇星的计划是这样："首先HU和DR他们肯定会锁定新品折扣的。我们让经销商明确感受卖我们的雷同产品利润更好。HU和DR大举宣传之际，我们让业务向经销商沟通并且要深入造成势，这个势是一股强大的暗流，让他们认同我们的产品与HU和DR他们的功能、质量是一致。甚至是优于他们的。让经销商认同我们省下大量广告营销费用回馈给经销商。并设计一套相仿策略的话术，让经销商的客户，特别是前来询问HU和DR新品的客户，相信我们与他们的质量、功能无异，只是大厂广告宣传手法花俏，最终选买更为便宜实惠的我们的产品。至于功能无需着墨太多，徒增消费者评估与考虑。该宣传的HU和DR都宣传了，我们只须搭便车似的巧妙移植即可。更甚者，还可不着痕迹间接的让经销商厌弃或冷眼旁观HU和DR的强势宣传竞争。”

Akiens有几个疑虑：“这样是不是自贬品牌身价。”

葛薇星大胆务实的报告道：“实际的面对目前我们在国内的市占率与二线品牌的地位，在消费者心中原就是如此。初步只要更强化他们原先大致相信我们的质量约当无异于HU和DR等品牌。”

葛薇星还想：就是要更明确以暗示的手法，让经销商深刻地认为AK的技术原就是大厂的技术主力，甚至是大厂的技术主力出走技术有空窗疑虑。只是没说出口。但她深信一但如此执行起来，钟嘉浚、景观等有经验的老业务肯定叫好认同。

葛薇星接着说：“想要品牌地位超越他们不在这次，也不是靠这个产品，更无须拿大预算陪他们费力在这当儿砸，还砸不出效果。实际上此时反该充分善用消费者潜在的认同。品牌计划应另找合宜时机趁势而起，容我另提计划汇报。”

Akiens另一个疑虑是：“如果HU与DR他们也降折扣给经销商，或降价给消费者呢？”

葛薇星说：“是的，有这可能。虽然以HU与DR在市场一向的强势地位，过去几无这样的往例。但是一点都不排除这样的可能。尤其市场日趋成熟，一旦失去竞争优势，这样的策略早晚要祭出的。”

葛薇星继续说:“就现阶段，品牌优势同时也成为他们操作的包袱了，包含品牌形象，与营销手法的形象与成本，虽然发生他们也降折扣给经销商，或降价给消费者的机会很低。但果真如此，就得打场硬战，他们势必要牺牲了利润与品牌形象。我们只好散布消息，质疑他们的产品有瑕疵，质疑他们自己对新品没信心，新产品是为竞争草率上市的，并且要让经销商深信而失去向消费市场推广的信心。”

葛薇星没停地继续说着:“营销工作本来就是消费心理的运作。不仅运作在消费者，包含通路或经销商，甚至业务推广人员都在其中。”说着葛薇星心中忽然想起他，是他这么培训她的。她接着说:“实际上操作还得要有更细的战略与合适的培训。”

对于SF若I.P.O可能的市场运作，葛薇星也提出了分析与因应。最终还就整体市场做出评估，同时也就业务结构提出看法。业务结构显然已经是业务范畴了。

市场部绩效卓著，很快的，用人一向谨慎的Akiens竟让葛薇星一年之内陆续增加了三个人，章绮烟几个也就是同期先后加入的，四个人共同把公司的C.R.M、网站、媒体公关、贩促、活动等，所有市场部及相关营销的工作职能完善的承担起来。

两年多下来，AK国内业务总算年年有所增长。市占率自第六跃升至第三第四之间起伏；品牌地位则自一向第八之外一举站上第三，仅在HU与SF之后。

这样的洗牌不仅在业界成了焦点，也造成市场上相当的紧张气氛。Akiens在媒体的曝光也因此日益频繁，加上葛薇星有计划的操作，曝光的时机与形象都刻意运作，真正是把企业形象与业主形象有效的营销到极致。

才干也要靠机会，机会实现在做足准备的人身上

04

机会实现在做好准备的人身上

适逢AK十周年。年底Akiens特别拨了可观的预算，扩大举办员工旅游，还是高档的北海道之旅，对高阶主管都不觉得是福利。人事部接获通知要有客观的评考，提出5%～10%，是绩效不良或无发展潜力的人员，做为企业人力资源新陈代谢的参考名单。业务部、市场部等单位则是藉此行要拍定新年度的业绩目标与工作计划。

在北海道连着有两天，午后两点Akiens都召集了会议。

产品部一向是Akiens主导。他既专业也主观，也许有成功经验支持他，也可能是羁绊他，或是基于稳重与风险考虑，总之要影响他对产品研发的想法，着实不容易。

这几年葛薇星对产品的建议日益深入，初期他至多接受一些附加功能或包装美术上的意见。随着葛薇星所准备的客户意见极为具体，与详尽的对手情报，Akiens日益尊重她的建议。今年在加入许多葛薇星的产品意见之后，葛薇星直言不讳地表示国内市场该是大举跃进的时候了。她甚至建议增加业务人员，适当调整业务部的组织架构，扩展业务结构。当着简筱域的面前，她自然不好说增长的具体数字。这也已听得Akiens、 Shelley还有产品部、财务部以及同游的一两位董事雄心勃勃，气势一如此刻AK在市场上的蓬勃。

简筱域依然不乐观地说：“Grace加了这么多人，能做的也都做得差不多了，这也一连增长了几年了。市场她也许会做，可是她真的不懂业务，国内市场越来越不好，业务是很专业的，不是像她小女孩想的，打打电话，扮扮美丽，推推活动就能做的，要再增长真的是有瓶颈了，我没办法啦。”

听得Akiens如同一向铁青的扑克牌脸，又是气在心里。

Shelley换了个坐姿；翘起二郎腿，端起茶杯，仍是漫长不屑的笑意。

葛薇星最气馁了。这几年她其实对国内业绩都有更大的期待，实在是碍于简筱域，她总觉得无法卯足劲施展威力，她能做的都做到极致了。更别说时有主动配发的货漏发；货到延迟，促销活动品项送错等。业务管理极其缺乏专业，无法即时回馈销售数字进行分析研究支持决策，并且松脱懒散。如果业务部能有积极的作为并加以密切配合，双方肯定早都是如虎添翼了。

再把她说得花瓶似的小女孩！她心里不仅为自己，也为自己部门里几个不计代价昼夜加班的伙伴非常抱屈。

Akiens可不同于平日的说：“你可以把条件开出来，如果今年的增长不能比去年至少再有百分之十五以上。那么换人做做看吧！”听得在座每个人瞬间精神振作集中，不确定是否听错。

“回公司之后第二天早上九点，你和谢晋鼎来找我，我听听看你们的计划。”说完Akiens让上晚餐，极其豪华丰盛，标准以上的全套怀石料理。

员工旅游还没结束，消息早传得熟透。首先就是简筱域自己说的。

谢晋鼎是简筱域的副经理，他给简筱域建议：“想办法激怒老板，让他资遣你。你想想，你有十年年资。当初他挖你过来，应该也承诺前个单位的旧年资照算吧，那就更不只十年了。”

简筱域大笑：“你也想得太多了吧。我做得好好的，我为什么要走啊？”

“你不觉得老板是想赶你走吗？”谢晋鼎说。

“唉呀！想当初我一来，货就马上全国给铺下去。不只之前我在HU的客户，我在HU不及的其他HU的客户也几乎都能拿下。”简筱域说到这儿更是放大音量得意的说，“他出来自己做，第一年就能赚钱，到现在何时让他赔过钱了。事实上就停几年没增长，这两三年不就又增长了。我想他年年要增长，我哪有办法这么个长法，真能长也总留着慢慢长呀。”

简筱域接着再说：“咱们业务部的几个老鸟，哪个不是我带来的，他不会动我的啦。”

谢晋鼎说：“你太乐观了。Akiens在出来自己创业前，早在业界有名了。你能顺利发货主要是他的产品强，客户认同他的产品。否则新公司没这么容易做的。”谢晋鼎接着说，

“这几年AK不同往日了。你看Akiens这两年常常被采访，频频上媒体。气势不一样了，谁还能忍受你，天天只顾着你的股市大户啊。”

简筱域惊呼:“你在说什么跟什么啊，什么股市的啊！”

“大哥！兄弟！别卖傻了啦，谁不知道啊！”谢晋鼎半点没小声地说。

简筱域径自笑着说:“我不知道啊。”

“你赚得也不少了吧！每次你去赚钱，还不是我在公司顶着。你就偶尔请我吃个饭，也够小气了的。”谢晋鼎也笑着说。

员工旅游结束次日一早，九点谢晋鼎准时来敲Akiens的门，并送上新年度业务计划书，厚厚一叠。简筱域未到，Akiens让谢晋鼎去找人，看得出他是非常严肃的。

都九点十几分了，简筱域无需打卡，就如往常，一派的轻松愉快的哼着歌走着，一进业务部就看谢晋鼎支着头插着腰挡在门边上。

“老板在等你。”谢晋鼎见他就说。

“我马上好。”简筱域说完，随即拿出梳子小心仔细轻盈的梳理了一下头发，他的头发极容易整理，顶上光亮，两侧与后脑勺也稀疏见光。他又取出镜子看了又看，拨弄了两下。谢晋鼎看得目瞪口呆。

“走吧。”

两人一进Akiens办公室Akiens也没让他们坐下就开始问起:“你要成长百分之一百，有这个把握啊。”

简筱域说:“什么！什么百分之一百。我都向您报告过了，业务您真的不懂，这增长确实有困难，不实际啊。”

Akiens拿起早上谢晋鼎送来的数据，火光的往桌上一摔，一大叠资料顺势跌落眼看就要到了地上，谢晋鼎赶紧低身一把接住。

“你搞什么名堂，你那上面不是写了，要加八个人，增长百分之一百。”Akiens站起身半点不客气的说。

谢晋鼎熟练的翻到资料最后一页指给Akiens看，上面打印着报告人谢晋鼎。他笑着低声的对Akiens说:“老板，这不是简总的提案，是我自己亲自计划的方案。”

简筱域仍天真的对着谢晋鼎说:“我又没让你帮我写。”

谢晋鼎只是尴尬似的陪着笑脸。

Akiens说了:“你们两个在搞什么鬼。”

简筱域一副极其无奈的说:“Akiens，这几年都稳稳的赚钱不是很好吗。要成长要有条件，一步一步的来，首先产品要好，还有条件要配合。海外业务从零开始当然好成长，国内不一样，我一开始就把全国通路铺满了，怎么可能像海外那样成长。几个无知的女人懂什么啊，就在哪胡闹瞎搞的。你不要被她们的美色要的团团转。要不是我，说真的，你的产品是不错，但是过不了江北。”

Akiens:“什么是过不了江北，你在说什么？”

简筱域继续说:“就是卖不过江北啊。”

Akiens可发大火了:“猪头，你这个混蛋，你给我滚。”

简筱域一听猪头，再看了谢晋鼎一眼总算对他的心思有所反映，也是一肚子气，狠狠的瞪了谢晋鼎一眼。拍了一下桌子说:“滚就滚，你太不懂得尊重专业了。”

“我就是不懂尊重你这种专业。你准备吧！恭喜你，你会得到优厚的资遣费，不需要在这继续受委屈了，专业。”Akiens说着，不同于过往每次与简筱域谈完铁青着脸的沉默。

简筱域一下愣住了，一直以来倒是没见Akiens这样对他大吼过。稍后便大声嚷嚷:“忘恩负义，利用完了就想把我甩了吗，没那么简单啦。”

他这一嚷，更是对Akiens火上浇油了:“滚，滚，我忍你很久了。”Akiens说的是肺腑之言。他确实忍了好几年了。这些年，他考虑简筱域确实在他创业初期，协助他在业务上省去了很多的发展时间与成本，向现成的客户发货，这也是他重金把他从前一个公司挖来的主因。他一直也顾忌业务部的稳定性，确实初期业务部的人，多数是他带进来的。至于产品过不了江北之说，他倒是第一次听说。流传在AK业务部好几年来，一直都有个传言，说是AK的产品过不了江北。简筱域自己却不知道传的是简筱域的业务范围只到那儿，再远他是不出差的。这些也是市场部成立前的传言，市场部成立后少有人再提这事了。

“去！去！把人事给我找来。”Akiens对着谢晋鼎说。看来是来真的了。这真是给谢晋鼎料中了，还比他想像的更顺利。他万万没料到Akiens没逼走简筱域，还花了大笔的资遣费，想来是气疯了。说到这一大笔的资遣费，Akiens出口之后未几便开始心疼，着实是后悔在心里，但又能对谁去说呢。

简筱域倒也干脆的人。取了确实丰厚的资遣费，不声不响就走了，没多事也没鼓动其他人闹的。走前他也只在业务部发发牢骚说:自己着了谢晋鼎的道了，这家伙一开始就存心设计让他走，十足小人、用尽心机、行径下流。让大家小心提防。

业务部一帮人，除了对简筱域的工作态度与质量，确实一直颇有微言，其实并不讨厌他，他脾气温和，对工作几无要求，在AK他一向绵羊般的温顺好好先生风格，人缘并不算差。股市获利好时，也常请大家吃吃喝喝的，顺道吆喝要求一点业绩，让业务部一直以来也轻松，或说是懒散好混。当然好混除了简筱域对工作不上心，主要也是AK的产品有一定市场优势。

简筱域走了。谢晋鼎自然成了国内业务部的最高主管。交接工作一切顺利，事实上是也没什么要交接的，原本简筱域也不太做些什么，基本上该做的也就是谢晋鼎一直轻松的凑合着做，针对谢晋鼎的业务计划，Akiens也让葛薇星研究并提报告，同时订下了会议时间。

简筱域走后谢晋鼎一直忙着约谈各区的经理，还自掏腰包分别请吃饭。除了拢络感情，清扫简筱域走前对他的不利攻讦，主要还想深入挖掘与了解，各区潜在的增长机会与业务状况。至于钟嘉浚与景观则是他这时必须搞定的重点。

钟嘉浚评估以自己的资历至少应有机会升任副座，虽不是顶认同谢晋鼎的行事作风，却也热络配合。谢晋鼎第一个就是找他吃饭，两人算是一拍即合。谢晋鼎这么对他说："咱们业务部积弊已久，主要就是像你这样有才干又有经验的人，没出来领导大家。这次你可不能再潜着韬光养晦，市道不同，AK看来有机会。要靠你大展身手了。"

"谢哥，你太客气了。新媒体的渠道我有关系，应该会爆出绩效。另外华东地区，过去还是没有深入全面开发，如果有机会我一定全力以赴，不会让你失望的。"钟嘉浚说的实在也算诚恳。

一顿饭吃得让谢晋鼎气势更是外显了。第二天他马上约的就是景观，景观进了公司这几年，一年没缺过的绩效一直保持第一。是少数积极努力，毫不打混全力以赴的一个。他算是与葛薇星配合地几乎像示范区似的。业绩兴隆不说，气势与人气都不在话下，私下也有人臆测他上任副座，甚至顶替简筱域。因此谢晋鼎对他可是特别下了功夫："我个人觉得虽然论资历我和阿浚远远比你更久，但是论绩效就大大不及你。一直想找机会跟你交流交流，总是忙着忙着就搁下啦。

这次简哥这么匆匆就走了，实在是出乎意料，走之前还对我有误会，实在遗憾啊。”

景观只敬酒没太多说。谢晋鼎接着说：“简哥，他也算这个产业一哥级人物啦，没来AK之前，比我更早入行呢，喔！算算之前也有十几年以上资历呢，可都比Akiens还更早呢。唉！AK正红，眼看要起飞了，瞧这几年的势头呢，才熬到这份上，反倒是急流勇退了。”谢晋鼎端起酒杯继续说，“你年轻，大有可为，我看好你。”

景观不愧是老业务本色，就是客气的一直只敬酒并陪着笑脸听着，好不容易他才说：“也许简哥乐得如此，条条道路通罗马呀。我看他股市收益不错，做得也得心应手挺开心的。”景观又再举杯敬谢晋鼎，接着说，“我在这行，是菜鸟。还在摸索，就是努力学习尽好本分。谢哥也好，公司也好。我就是全力以赴啰，你们怎么领导我就是怎么着做嘛。”

谢晋鼎听完急说："不！不！不！你客气。有机会呢我们好好打拼一番吧！你是干才啊。"

谢晋鼎接着说：“单位里啊！财务、人事、仓库啦，更别说咱们业务部一些资深的兄弟，都是跟着我一起来AK的，有什么需要的话，我说一声全能搞定的。”

这话听来像是说：“我上来会重用你。你上了可别忘了我。”

景观却是想：你的意思是你上来会重用我，让我别跟你争。我搞不定这帮人，里面有的是你的人，说更白些，业务部有些人你说走就走了。

AK大会议室里Shelley正翻着Akiens扔给她的那一大叠资料。她先是随意的翻了翻，随后可就认真看起来啦。这是葛薇星的报告，她依Akiens的要求显然是下足功夫，还真毫无保留的逐项分析检讨，自己加入的意见更多。

Shelley头都没抬自顾看着，时而陷入沉思，甚至就凑过去小声的问了葛薇星一些问题。连同组织架构，业务结构，人员培训。各区的业务瓶颈，重点客户的分析。包含区域经营战略更细化到个别各户的经营策略。但是葛薇星并不乐观国内业务可以有百分百的增长。

Shelley看完了还跟财务部的主管Kan讨论了些什么，财务部的Kan就接手看着这份报告了。

Akiens也不让谢晋鼎播放预先准备的资料。一上来直接就问了少见如此正式着装的谢晋鼎，只让他说明他的业绩结构与增长来源。

谢晋鼎表示在现有的结构应该加入新媒体这个渠道，并有机会产生百分之三十的增长。其他的百分之七十预计增加八个业务经理，最好从对手公司那儿挖几个，积极开发新客户。主要的业务策略还是要加大广告宣传力度，扩大全年促销活动；并加大力度降低发货折扣，扩大发货规模；加码经销商达成年度目标的返利。

听完，Akiens也没多问其他。只说让他以副座暂代简筱域的业务直到新任主管确认。没散会，就让他先出去召集业务单位，晚饭在附近餐馆请国内业务部的大家吃饭。

Akiens问葛薇星对接任简筱域的职位人选发表看法，葛薇星略微迟疑了一下就说："我一直认为经验资历很重要，但肯做事能做事的人，往往有出其不意的效果。"葛薇星才说完，Akiens几乎不耐烦的说："直接说，直接说，不要跟我绕弯子。"

葛薇星答说："要不听听景观与钟嘉浚的看法。"

Akiens转头看了Shelley与财务Kan。Shelley与Kan两个，你看我，我看你的。Shelley心理想，现下又有谁比葛薇星更通盘掌握了国内业务，这只怕就是Akiens你当初试着布在简筱域身边的一着棋，只没想到因势利导，危机成了转机，不但押对了宝，竟还开出这么个大奖了。葛薇星比起简筱域是好用又便宜。

Shelley评估自己横竖都是总监级的，换了国内业务部只有增加工作量，还得一切从头又不会升职加薪，绩效又不见得就比海外业务好。再说这个葛薇星真是个角色，自己老早也知道早晚是有这样局面的。心里这么一盘算，就想：好啦。老板，我就替你说吧！还赚得送个天大人情给葛薇星。

Shelley打破沉默的说："干嘛这么麻烦啰嗦的。国内业务根本直接叫葛薇星做就是了。别说她是战将福星，战功彪炳，现在只怕没人比她更透熟这块业务了。这报告不都已是准备完善了吗？"

财务听得目瞪口呆。心里倒是叫好认同，不仅是这份报告。主要是业务部就是简筱域与谢晋鼎这几个人滥在那儿，让人实在看不下去，想不透Akiens是不知道还是……怎么的，竟能忍这么久。

葛薇星听到Shelley蹦出自己的名字时心里着实一惊。自己当真是没这么想过。只一心想把自己这一直以来的努力与苦工所积累的经验与想法，充分表达与展现，这才确实是她很重视、很在意并积极在进行的。

在与业务单位吃饭前，Akiens找来了钟嘉浚。

Akiens先说了："你来AK几年啦？"

"公司成立第二年就来了。"钟嘉浚就坐在Akiens对面回答他。

"我想听听你对明年业绩的想法。"Akiens说。

"坦白说市场部这几年真让我们脱胎换骨了。如果业务部能更积极做好管理，加上新产品，应该有相当可观的成长。包括像新媒体这种新渠道，与旧渠道里的新客户开发，我想我们应该是还在成长的高原期的。"

"那你对新任主管有何想法？"

钟嘉浚迟疑了好一会，实在没想到Akiens有此一问。有好一会儿仍揣摩不了老板的意思，只得说："公司怎么安排一定有最适当的考虑，我一定全力配合。"

之后进Akiens办公室的是景观。景观告诉Akiens自己来了近四年。收获丰富，学习很多。特别是Akiens这近三年在营销的理念与创新灵巧的营销手法，对他有很大启发。

景观表示，在来AK之前，其实也有七八年的业务经验。放弃高层主管换跑道选AK，从业务经理做起，主要是看好这个产业。来了之后真是在营销上获得很多的学习与见识。

钟嘉浚与景观在离开大会议室前，Akiens都把谢晋鼎与葛薇星的报告给他们看了。拿着这两份报告，老经验如他们自然也臆测得老板的心思了，剩下是谁任副手的问题了。

虽是与国内业务部吃饭。最后Akiens让Kan还有市场部的四个与海外业务部的三个也全加入。热热闹闹地算是吃开了气氛。Akiens说了自己的创业故事，更是少见的主动向每一个人都敬了酒，展现了极大的诚意，硬是自己把自己灌醉了。没人提起简筱域却很容易错觉像欢送会，没人提起谁是新任主管，反正大部分人知道不会是自己，闹闹吃吃喝喝的也忘了这回事。

这一切让谢晋鼎觉得分外的冷清，虽然该来敬他酒的一个也没少。他总觉得钟嘉浚对他倒不够热络。趁着酒意便小声的试他："恭喜啦，看来你要当我老板了。"

"别胡说，决不是我。"钟嘉浚断然避嫌的回答他。谢晋鼎见他那个样，寻思显然不是他，但看来也不是自己了，否则钟嘉浚不会没有下文。那么是景观啰，难怪他就觉得今晚景观似乎挺高兴的，景观对他甚至与Akiens似乎都特别热络，他盘算着要扭转局面得趁早。

第二天Akiens一进办公室，就见谢晋鼎的辞呈特意的躺在他桌上最醒目的地方。一整天Akiens没找谢晋鼎倒是找了葛薇星。他们在沙发上谈了好些时间。

你觉得业务部谁适任副手？Akiens开口就直接这么问葛薇星。

因为没其他人在场，葛薇星很直接就说了："如果没有特殊考虑，在钟嘉浚与景观这两个人，我会选景观。"葛薇星这么说，倒不是因为她与景观工作交流多可能交情也深。

"哦！怎么说呢？"不知是不是出乎Akiens意料，他需要她的说明。

"经验是非常重要的，不仅保证一定的绩效，更能预先规避已知的风险。但要论经验，我们怎么都比几个大厂嫩。"说到这儿，葛薇星倒是放心上没说，"就算加上Akiens创业前的产业经验也是不如大厂。AK走过创业初期来到这个阶段，唯有创新，才有在大厂财大气粗、经验足、资历久的环伺包围下异军突起。"

葛薇星接着说："钟嘉浚自然是资历久经验足，并且稳定实在，但是魄力不足。我认为景观他有业务管理经验之外，主要有旺盛的企图心，能全面的迎向挑战，并且有排除困难与解决问题的能力，能创新局面，更适合现阶段的AK。"葛薇星虽然口吻坚定，仍是一向轻盈温婉的语调，一如过往极易取信于人，让人听来安心稳定。

Akiens说："你的意思是，如果你上任国内业务部的最高主管，打算选任景观当副手。”

葛薇星一听Akiens这么说。心里仍是一惊，顿时周身发热但是喜悦振奋至极，却强自镇定不着痕迹，她其实是想过的。就在上次Shelley提过之后，她大大伤过脑筋，要是自己上来如何布局。

“这确实是大难题了，恐怕我最终得选钟嘉浚了。主要是情势使然，刚走了业务部最资深的简先生，同样非常资深的谢晋鼎没上来。姑且先不说谢晋鼎的问题，我是空降，又用了相较算新人的景观。肯定对资历久的同事造成误解，让他们以为资历无用，公司不重视他们。如此不仅影响他们的工作士气，也可能失去他们对公司的向心力，同时必然产生新旧派系。所以迫于情势是以用钟嘉浚为上策。”葛薇星说。

葛薇星接着继续说：“就是可惜了些！就战力上来说没能把景观发挥到最好，同时，时间久了，景观若无较好升迁，只怕就留不住了。”

这倒是说中了Akiens大部分的心意了。他一直不发声的看着戴着黑胶眼镜的葛薇星。想起当日着米白色连身裙没戴眼镜那个娇柔纤细清秀的倩影，寻思：真还一点看不出这真是个聪明精干的小女孩。

谢晋鼎难熬的等了一整天，意外的Akiens竟没找他。下了班他找了几个资深的区域经理吃饭喝酒。

钟嘉浚推说家里有事坚持没来。简筱域没走前，钟嘉浚一向不是很认同谢晋鼎的行事作风，他是个还算谨慎周到的人，一直就与谢晋鼎保持着礼貌上的往来。更别说Akiens已找他谈过了。现在AK可不若草创当年，形势比人强。以这几年Akiens日益强势的作风看来，衡量现在的局面，挺有可能是谢晋鼎或是自己，也可能是景观担任葛薇星副手，他更要谨慎了。

进了餐馆，一行五个人甫落座，谢晋鼎不发一语，一点不慢的敬大家，绝对豪饮地一杯接着一杯的，就是要马上喝开。酒急不耐久，没一会儿就有了相当酒意，谢晋鼎才说："他妈的啊！Akiens这十年来，年年赚钱。我们拼死拼活的真是什么也捞不着。你看他说让简哥走就走，半点情分都没有，真是利用完了就丢。"他喝红了眼摇着头继续说，"寒心啊。"

在酒意上点火顺势就烧起大伙对公司的抱怨与不满。决堤似的只怕趁势把婚姻、家庭、事业总的不顺心纷纷出笼，全一股脑儿地一并扔进来搅一搅，发发牢骚，清理清理才好。

"是啊！真是不值。简哥就这么守了十年。公司正在势头上，眼看要大好呢，真是说让走就走。无情啊！"有人附和着说。

"听说，Akiens那天一发火，说让他走就走。第二天开始就让他放假，再没找过他，真有够绝的。"其他人继续附和。

"在这儿混的真没前途，赚钱他赚，每年年终不多不少就是两个月。孩子吓人的长，物价也一年一年没停过的涨，乱七八糟的花销长得更凶，就是工资不长。”

“是啊！工资是没啥长，每年顶多搞个旅游，也就今年最像样。我老婆意见很大。”

“刚来时工资确实比同行好些。现在也没差别了，说不得还比SF差呢。”

“差多了。听说他们连着三年的年终，都是三个月到四个月还可能更多呢。”

“Akiens本来就小气。你看办公室就知道了啊，全都是二手货，这么多年来，就是能用的用，也不装修更新。你看他都把办公室买下了。也不装修啊。”

“那个手机费的补助，唧唧歪歪的根本就不够，还得自己垫。我一直都没计较。”

“是啊！就那点油料，还说得每日填公里数，忙都忙死了，哪有闲工夫搞那个。”

“抠门哪！公司又不是不赚钱。”

“说来实在秽气。郁闷！这么多年下来，竟就是这个老样。”

“是啊！真是老样啦！除了多了不少白发，当真是没多些出息。”

“不干啦！不干啦！”

“走人。走人。”

“真是不能再这样干下去了。”

“是啊！不用再看那一大坨袅前台。”

“妈的！连前台都比别人差。”

“听说SF那个前台很正的。”

七、八个人一桌，就这样接力似地，你一言我一语的正好借机宣泄着。

谢晋鼎不时问加菜，敬酒劝喝地。都说自己请客，兄弟一场，不要客气。

谢晋鼎说着：“我打算走啦，Akiens没义气，不值。”他并再三强调，有好发展一定不忘大家有福同享。

“谢哥，咱们是有福同享有难同当啊。一定跟你同进退的。”

“好！好！有福同享有难同当，同进退。”谢晋鼎说着，更是趁势非得炒热不可。这正是他等着的，鼓动大家一起递上辞呈，就是公司利用过了就丢，兄弟大家同进退那套。

“说好了！咱们这几个弟兄们同进退啊。”谢晋鼎炒着气氛鼓舞着。接着又说，“我今天已送辞职书了。这儿没前途，兄弟们跟上啊！我敬大家，干啦！干啦！”

谢晋鼎显然是错估形势。第二天直到下班前，就他所知，只送进了小李与小林两份辞呈。小林还是他问了好几次，才勉强在下班前送出去的。他问了老陈，老陈反过来劝他：“到哪不都差不多，这都熬那么久了。”

事实上一早老赵就悄悄的打了电话给Akiens说了状况，大约是说谢晋鼎有鼓动几个资深的区域经理辞职。Akiens听了一语不发，更别说是问了有哪些人。

老徐是这么告诉催问他的谢晋鼎："你有好处通知我，我先在这等等。"老徐心理想的是：我去哪儿当新人啊。现在至少做为AK的区域经理走出去还挺体面的，业务也越来越上手了。除非有高薪挖角，否则犯不着去从头开始啊。

老徐也老大不小了，怎么不明白谢晋鼎那点心思。谢晋鼎弄走了简筱域，现在只怕争不上简筱域的位子了，费劲使了这个在他看来实在不高明的手段，把自己吊高了来卖，老徐怎样也不会笨到把自己陪着玩。可说不定正中老板下怀呢，连资遣费都省了。老徐想这也太小看Akiens了，现在AK是什么气势，还怕招不到人啊！可不是当年刚创的新公司，非让Akiens诸多忌惮地这么忍着啊，不简单啊。别说对手公司也有人想来，新人工资还更省呢。

简筱域就是个例子，看起来付了资遣费，其实省了不少工资呢，何况还是个不工作的大老板，只怕这送上的辞呈，老板可乐得一一全批了。

就在下班前，谢晋鼎手机响起了Akiens的来电，虽是一直等着Akiens，但却没想到是这个时候，还是透过手机约他晚饭。

那是一家极为高档的西餐厅。Akiens点了极高档的1968年份法国美乐庄的红酒，看来是颇有诚意。

没等醒酒Akiens就先举杯敬了谢晋鼎。接着就说了："你跟老简几乎是一起来的啊，时间真是快，都要有十年了。"

“是啊。您真是了不起。AK真的是成功啊！”谢晋鼎举杯回敬着说。

“很遗憾好像没给大家好的发展。”Akiens又是举杯一仰而尽地说

“您客气，AK这才要高飞，您是真的白手起家。不同于SF、HU这些有财团背景的大厂啊。”谢晋鼎自然也是一仰而尽。

“是哪个大厂挖你呢？”Akiens又是干杯。

“这个嘛……”谢晋鼎跟着也是干啦。迟疑了一会接着说，“是有几家啦。”

“都是什么样的条件呢？”Akiens继续干了。

谢晋鼎自动连干两杯没说话。

“说说嘛，参考参考啊！”Akiens回敬两杯表明不占便宜。很快就开第二瓶酒了，汤还桌上凉着，刚上了色拉。

“条件不是问题啦。”谢晋鼎再干。

“怎么条件不是问题，那什么是问题。你别客气啊！”Akiens再干。

“也没什么，我也有年纪了，总是有一些梦想。”谢晋鼎继续干了。

眼看这就两瓶红酒了。主菜上了，第三瓶酒开了。

Akiens倒是聊起了市场的状况。聊着聊着也就聊往谢晋鼎的家庭了。第三瓶酒就这样快见底，Akiens仔细的将所剩的红酒平分到两只水晶高脚杯里。高脚杯里潋潋的葡萄紫红

色漾着浓浓地酒气，就像这两个人已蓄足成熟的酒意。

“我能理解，真是非常遗憾。你有更好的发展，我说什么也只能祝福你。”Akiens举高杯说。

“谢谢……谢谢……谢谢……”谢晋鼎略微摇晃的站起与Akiens碰杯，响脆的玻璃音干净利索，两人几乎是同步一仰而尽。

也许喝的是好酒，次日谢晋鼎并不醉酒，但是实在不是很确认前一晚自己是怎么一回事，人事来问了离职手续。他一时有点茫然，反应不过来。事情怎么会发展成这样的。离职，自己马上要失业了，怎么会这样呢？隔天他想问人事老叶，不知是不是还有转圜余地。这实在不是他的本意，见了老叶他最终只是问了：“可有资遣费？”老叶是个耿直的老先生，别处退休后到AK帮誉芳，他扶扶眼镜，颇有疑惑但一派认真的告诉他：“咦！你没被资遣啊？”

Akiens找来了葛薇星，告诉她自己已批了谢晋鼎的辞呈。同时把小李、小林的辞呈拿给她看，主要是问她的意见。其实这个状况钟嘉浚跟她说了。景观跟她是有工作上的革命情谊的，自然一有风吹草动也通知她。

葛薇星的父亲自己开业做过老板，她太深知做为一个老板的想法了。事实上她也认为带新人比这两个旧人容易多了，透过新旧适当的洗牌，不仅有利于巩固她在业务部领导统御的影响力，也更好让她打造她所期待的一个新团队。但此刻的局面，她自己却做不得这个坏人。

小林的辖区是谁都可以接的，一直以来是最需要改善的。再做只怕也不会比现在差了。小李的辖区原本也就希望重新规划。虽然看起来一下少了两个人，但是业务状况不会受影响的。葛薇星这么对Akiens说。她自己心里早已有盘算。事实上Akiens早也让人事找人了。只停一会葛薇星继续说了:“公司怎么决定，我认为影响都不大。”

Akiens分别高调的见了小李与小林。人事也礼貌性的会谈，看似给足面子的慰留了，仍分别在第二天与第三天批了他们的辞职书。业务部里就有小声音说:“Akiens是杀鸡儆猴啊。”谢晋鼎千算万算都没算着，自己不但没升职还失业了，同是失业，还不如简筱域领了大笔够整年都不用上班的工资。

很快的，葛薇星与钟嘉浚由Akiens亲自宣布接任了简筱域与谢晋鼎的位子。葛薇星极其低调地杜绝任何饭局与庆宴。工作的投入与时间，一如以往，老早也到毫无保留的地步了。要说葛薇星有明显的改变，就是她摘下了几年来一直带着的黑边眼镜。

把握机会或创造机会，都先要做最足最好的准备

05

浮上台面，更上层楼

连着有三天，午间休息时间，袅袅都在业务部和几个业务助理拿着各色的领巾研究着不同的使法。葛薇星出差了几天，这正往单位走进来。几个女孩子一见她走过来，纷纷收起自己手上的领巾，却注意地研究着她的衣着。日前大家就是看她系了领巾，便风行起来学习。

这时齐鲁毫无遮拦的就说了："这个女的看来是咱们整个单位里最好看的一个了。"袅袅原就一直站在齐鲁面前，这也是她这连着三日泡在业务部的原因。她听了瞪大眼睛，等着葛薇星走过了一段范围便指着葛薇星的背影对齐鲁说："她是你老板。"

业务部在葛薇星出差的这几天里陆续补齐了四五个新人。齐鲁来AK这是第三日，除了第一天这每日早点袅袅必定操办，就连午餐也是细心周到嘘寒问暖。就袅袅的情报，齐鲁1米86高，体重150斤。研究生毕业三年，浓眉大目，肤白皓齿，硕长结实的体态，确实众望所归稳居AK第一美男的宝座。她唯一还没完全弄明白的是，齐鲁与齐鲁证券到底有没有实质关联。

葛薇星一上任即加速按照她当初给Akiens的计划，积极筹办了业务部的培训。就她了解，过往业务部的培训都是外派出去学习，成效无考。在她给Akiens的报告里提到几个培训指标，包含加强对产品的认识与销售重点的统一；销售技能的专业培训；对企业的认同与专业素质的追求；将培训资源与经验积累在单位。

当时葛薇星并未料及自己会接任这个职务。此刻局面全然不同了。她找来了钟嘉浚与景观针对培训做了更深入的规划，其实也是希望深入了解他二人的强项，希望不仅复制他二人的经验与专长给业务部的伙伴，也藉此强化他们在管理业务单位的实质影响力。

这两年多来与各区经理共同工作的经验，她早已充分掌握他们专业的实际状况了。除了工作上的补充加强。她更要利用这次建构一如她的风格，专业、实做、全力以赴的团队文化，并一举树立起她在专业上真正受肯定的管理权威。

培训课程为期一周，有四天在单位里进行，第五天起移师郊区的一个度假农庄直到结束，第七天适逢周日以交谊活动为主。

Akiens在宣布葛薇星新职务之后的第十六天，收到她这份一个月后要进行的培训计划书。Akiens一直忙着没看，只问了预算，还让人事参与进来。这原就该是人事的事。葛薇星也明白，她事先是跟誉芳打过招呼。誉芳是个特别没脾气，从来极随和，一点不端架子的人，多年以来都是家务、公务忙。她乐得葛薇星一手操办。她人事兼行政的，包含前台总共就三个人。前台袅袅晚上还上学，遇上誉芳没脾气的性格，让袅袅做起事来总有一堆的困难，往往下班时间没到都备好书包了。

没两三天葛薇星来问了几次。Akiens迫得就在大会议室开完产品部的会之后，自己留在那儿认真的看完了葛薇星的培训计划。他对着整片的落地窗，踞高看着大片的城市景观。此刻已是灯火阑珊，繁花似锦的灯火交迭着悬浮在整个夜空中，夜空下的这个城市一向特别迷蒙，让灯光晕染得益发如幻如梦，每一簇又一簇的灯火都是一个又一个的故事。AK这盏灯的故事也关连着不少的人正继续演着。

Akiens打从心里懊恼，真是不该用了简筱域这么久。同样的位子不同的人做竟有这样大的差异。回想这一路走来的十多年，真是努力不懈，几乎没有周末假期的。当初在几个留美同学的怂恿下，大伙凑了点积蓄，自己就出来创业了。踏上了才知道是不归路，只许前进后无退路。这如履薄冰地一步一脚印，踏实稳健保守地走过来，真是天堂地狱，个中滋味不足为外人道，即使最亲密的枕边人也是无所了解。

实在一时气不过，就冲动的付了简筱域大笔的资遣费，对一向节俭并严控预算的他，在心理上就像脱了一层皮似地，却没想到之后会是这样的发展局面。脱了这层皮还真是脱胎换骨了。此刻看着窗外，居高临下视野无垠，胸臆顿时开阔，酿起满满的信心，一下自己忍不住都要飞出去，像鹰一般的雄踞与巡视，真是鹏程万里。

一早葛薇星收到Akiens批了完全无意见的培训方案。誉芳被通知扩大培训，有几天的培训内容是全员参加的。他同时让誉芳加人。他要专业的人事进来，待遇不是问题，只要能力相当。誉芳听得是惊喜交集，眼泪差点没跌落下来，十年来她虽从来不计较，但一直希望可以降低工作量，她也一直自认实在不懂人事，过往Akiens省钱，不重视这个单位，总以最简约的方式让她兼着做。无论如何，她终于迎来这非常期待又未曾想像的一天。

培训的第一天，最先播放了市场部在葛薇星反复修订下重制的公司简介，比往常播给客户看的更长。包含创业理念、历史沿革、历年发展的绩效与未来的展望。特别强化了更多有关经营理念、企业文化与未来愿景的这个部分。

简介影片里，葛薇星巧妙的植入一些日出汪洋、深山百川与高楼景观落错的画面，交叠宽阔的长镜头不仅弥补AK简单的办公室场景，也有效透过景致移情壮阔情怀煽起观看者的豪情壮志。配以她存心设计，精挑过波澜壮阔高低起伏的音效。正如她所期待地让观看者的情绪高低起伏产生感动，由低渐高来到满怀希望，个个都似鸣鼓到高潮趁势就要冲阵破敌的沙场战将，看得满场热血沸腾。葛薇星唯一没想到的是，只怕最为沸腾的竟是Akiens。

不让气氛稍下。大伙只得深吸口冷凉空气，紧接着是创办人登场。

Akiens的情绪被酿得真好，这是葛薇星最初完全没料想到的。她松了一大口气，终于Akiens还是取出葛薇星帮着拟的讲稿，尽可能大致无异的用了七八分钟说了一回，相较他往常的一、两分钟仍是难为他，他觉得实在矫情、别扭与啰嗦，不过仍真是情义高涨的演出，他感受到台下暗潮汹涌着前所未有的热情，史无前例的群众支持，台上台下交融完全入戏。

葛薇星太有经验了。这个老板非常勤奋努力，表现在财务上众所皆知更是节俭。就算是要求工作、年终岁末问候祝贺、乃至骂人、或接待客户，三言两语绝不嫌少了。即使是酒过三巡或醉到不行，更是坚守惜字如金，奉送腼腆持久的笑就到极致了。

也是几年下来，葛薇星才知道自己创了记录。那年她争取市场部经理，约他吃泰国菜，他大开话匣子，大说特说自己的故事真是唯一仅见。因此培训前一周，她刻意去问了Akiens："难得扩大培训，您一定很多话要鼓励大家，我怕您太忙，我先试着就我想得到的部分帮您起个草，您看有哪些补充或增减再通知我好吗？"原本就没打算等他响应，直接就把稿子送上了。直到培训当天，她去问了几次Akiens意见，Akiens都是一脸难色没正面响应。

培训课程由葛薇星介绍了产业结构。原本她咨询Akiens来讲这个部分的，Akiens推了又推。她也乐意有这个机会表现。听完她这节产业结构。Akiens虽没表示什么，其实他与其他AK新人、旧人一样听得都是有滋有味。

新人多半不知这个产业原来有如此精彩的发展历程。旧人惊异自己竟然不知道，技术的发展历程曾有几个重大影响与关键时期，还有各大厂之间原来有这些技术与股权结构的渊源与纠葛，包含SF是当初与HU老总凌霄一起创业的女友曾庆柔拆分出来，另由业外财团支持快速崛起的，这个部分倒是很多人都听说过的。更多的是未曾臆想到未来不久或更长远的发展趋势，不单是技术与资本的竞争，已然延续到互联网，瞬息万变，未知的顷刻都极可能全然洗牌的发展趋势。其实这个世纪，又有哪个产业不被互联网牵动与影响？

Akiens惊觉自己从留美开始入行，都要快有二十年了。熟知这近二十年来的产业动态与同行生态，却未曾就过去特别是未来有过如此详尽与深入的思考。仅仅是一个产业结构，也让葛薇星这么演绎着产业的影响力与她自己的专业魅力。

葛薇星遇上了机会自是下足功夫的，就是存心要展现给Akiens；也展现给Shelley；特别要展现给业务单位，证明自己足堪担当这个职务；展现给AK的每一个人。她巴不得全部的人，董事、股东还有他最好都在场，别有任何缺席。这一场，她是一定要唱红自己的专业，奠定自己在AK也好，在这个产业也好的专业地位。她明白其些人心里仍想着这个小女孩？她外表看来常被认为小于实际年龄。这个女的？到底行不行，不过是运气好一点，也有说靠的不过就是声音与姿色，更多可能有一些背景。当初上来，据说是监察人钦点的。这些传闻葛薇星又怎么会不知道呢？

培训活动到了周五，一早就移师到郊外山区的渡假山庄。这个颇有知名度的渡假山庄大爆满。到了晚餐可大大热闹了，不仅是有个露天的烧烤餐会与乐团演唱。主要是除了接待AK的一百多个人，其他的两、三个会议团体也各有百多人，从午后就忙忙碌碌地陆续住进来。

当日的培训刻意安排较早结束，按预定是四点半，推延到五点半就顺利告一段落。天色将晚，乐团还没上场早就酒满酒兴，有人自告奋勇就上场开唱了。Shelley的老公也赶来了。男男女女，多有带着葛薇星平日没见过的新面孔，大伙可尽兴的抢业绩似的闹着。

誉芳费了好大劲在深山里的星光与灯光，乐团的歌声与几百人的吵杂声中找到了葛薇星。奋力费劲地说："Akiens让我找你过去一下。"也不确认葛薇星可有听明白，说了就拉着葛薇星过去了。

老远的葛薇星就看见WU的扬总，GE的大老板，竟连OP的总裁也在。四、五个，除了一个她常在杂志上见过的一个房产业的巨擘，其他几个她倒都识得，全都是顶级的老总，凑在一起非常不容易的。葛薇星只跟誉芳说："我去去洗手间，待会儿我自己过去。"就径自找洗手间去了。

哎呀！怎么就会这么巧，盼着盼着盼不到，意想不到的时候就在眼前了。但是仍是期盼与高兴。对着镜子才发现自己狼狈了一整日了。除了理顺头发，就是这身休闲运动衣衫，也无他法。至多洗把脸。葛薇星对自身的打理极少，一向不太上妆，身边也就只带着一支口红，基于礼貌她一定涂上口红提点气色。除了希望不被当成花瓶，让大家把焦点放在自己的专业上，她这一向也把时间全用在工作与少少的睡眠上了。看着镜子里自己难掩的喜悦，就是极其懊恼怎样可以美一点多好。摸索了好些时间盘算着也不好再耽误了才走出洗手间。

当晚Akiens是碰巧遇上扬升，扬升也就叫上他一起来，特别几个老总多半熟识的。席间扬升不经意的问了Akiens，没料到几个老总竟记得葛薇星也纷纷问起那个声音甜美的小丫头，腼腆缺少话题的Akiens可乐于把葛薇星找来。

满桌的老总就她年轻貌美的小女子一个，再卑微的位子她都是吃香的。这个聚会无关业务，所以没通知Shelley过来。

OP总裁一见她首先就先说:“唉呦！这是Grace，女大十变八啊，越来越漂亮了。如果不是声音仍这么醉人。还一下真认不出来呢。”

葛薇星虽是离开了海外业务部，在市场部除了与WU年年都会在活动上合作，也因为海外的参展活动时有机会见着这几位老总的。

整个晚上是红酒搭配金融市场的话题。她只有满场的配合笑意与合宜简单的响应，并主动贴心招呼大家的酒水毛巾。更多专注在自己心仪的心思与对金融专业的学习。这可是最实务最专业最顶级的高手对话，葛薇星深感机缘幸运，花钱或努力都无处学习的。几个老总这喝得有些微酒意，倒也还好不算多。时间也不晚九点多就散了。

葛薇星满满的心思，明知该加入AK的伙伴，却仍是自己悄悄的走回房间。一直以来越是人多热闹她就越是想独处，越是群情热闹欢畅她就越经常出离，根本是带着与大家同欢的面皮，半点不着痕迹，一颗出离的心远在就只她自己的一处。她深深明白何时该与大家同欢，笼络感情培养群众基础。她也总能恰如其份地掌握。这都是工作必须的热情与本事，成就了她人格面貌的一种。另有一个她，常常是希望自己躲在远远的角落。她想着今晚至少此时此刻，放纵这个她更喜欢的自己，做自己喜欢的事。

回到只有自己的世界，进屋才刚落坐在床边，她意外这么的快手机就响了，她兴奋的火速拿起，才发现不是她期待的短信。恍惚了好一会儿，手机持续的声响让她意识到是Akiens的电话："Grace有件事跟你商量一下，他们几个约了十一点在四环的一个酒吧。刚刚OP的老总突然让我一定把你找来。这么晚，又不是业务工作实在不好意思。我车已经都开到半山了，我知道你没开车，你是不是找个单位里的人驾车送你下来。"以葛薇星拼命三郎的个性加上她也有心学习，自然告诉Akiens:"一点没问题，我会准时到的。"挂了Akiens的电话还没回神手机又是一鸣:"你自己住单人房吗？"

她可雀跃了，马上回复刚收到的短信:“是的，十七层，1708号房。”还兀自傻傻地沈浸在兴奋之中，就依稀听见不是按铃是低调的敲门声。她开门让带着淡淡酒香的他进来，至少葛薇星觉得，他的酒是香的正微微的熏着她。她忘了泡茶；忘了请坐；能忘的全忘了，该记着的也都忘了。

“你还好吗？我想还有点时间就过来看看你。”他全不同于工作场合的轻声问着。

葛薇星就只是傻傻的笑着点点头。

“什么时候不戴眼镜了？”他问了。

她答:“就这几个月才摘下的。你也试试，轻松舒服多了。下雨或喝汤、吃面，再也不会一片朦胧，明朗清晰更安全便利。”她原还要说洗澡也方便，没到嘴边就觉得不雅打住。

他又说:“家里爸爸妈妈都好吗？”她答他:“嗯！一切很好。”他又说:“晚上别乱跑，山里危险。”他一面说着就往窗边走去，探出窗外看了看，随即将窗户关好，一一检视。继续说:“夜里更凉，自己小心照顾好自己。窗别开，山上蚊子凶啊。”说完就往门外走去，这时葛微星的手机又响起，两个人都吓了一跳，他停下脚步。葛薇星接起手机，又是Akiens:“刚刚忘了告诉你地点了，你记下吧。”葛薇星匆忙找了纸笔记下，覆诵着确认并记下，这个地址与葛薇星住处在同一个大马路上，离她的住处应不太不远，薇微星是熟悉的。电话结束他就说:“怎么这么晚也让你去啊！”

葛薇星一听可乐了，原来他也会去。那真是太美好了。

“太晚了，我看你别去了。”他说。

“不行啊，老板说了让我准时到的。”她答。她心想，有你，无论如何更是非去不可了。

他盯着她迟疑了好些会儿。看了看表又说：“你好好休息一下吧。半个钟头之后，我来接你。穿暖些，夜里凉啊。”

她像灌下了整桶不和水的蜂蜜。渍了蜜得可以很久很久甜到不行，反复反复地温习着那个甜蜜，超过半个小时，直到他通知她在停车处等她。直到一整晚。直到日后无数个自己独处的时光。

她快速地洗澡洗发，在有限时间里她傻气地在镜子前面，希冀打理出最美的状态，只叹实在没有什么衣服与条件。其实镜子早照映着好一个蜜出幸福与甜美的气色。怎样的妆点还能有比这更迷人的样貌风采呢。

漆黑山区灯光稀疏，行驶在绵长蜿蜒的山路上，车里是暗的，车外却得见点点星光柔柔成片的伴着小虫互诉的唧唧。坐上他的副驾驶座，星夜行车飘忽如梦却又是那么温馨踏实。

“今天天气还可以。你看！满天的星星陪着你呢。”他一面小心驾着车一面仰头看着顶上说。

她就只是笑。他问了她：“怎么老是这么瘦，多吃一点不怕胖别减肥啊。”

“没减肥。不怕胖。食欲一直挺好的。”她告诉他自己还挺能吃，就是怕酒味不善喝酒。常常忙得过了吃饭时间没吃或一餐顶两三餐则没说。

“别老是加班那么晚，时间到就该休息了。”他仍是好声好气，全不似她在工作场合时，远远见着那个威严凛然，又紧凑又急，有时还会凶人的样子。

她想着：你自己不就是拼了命似的工作吗！却不做声没答话。葛薇星一直努力就是希望赶上他。就是希望他看见自己。就是希望得到他的肯定。特意学着他，跟他办公桌上一样的那些专业期刊每期必读。进修MBA就是要充分听懂他的专业。

车上多半是他问她答。

下山的路程不算太近，他的车速平稳一点也不快，但是也不知怎的才上车转瞬也就该下车了。

首期预计就每人5000万美金，太大也不要。堂鑫说的是一个碳权的Fun。

显然这已是早谈有眉目的案子了。葛薇星一进来就见这样貌非常吸引人目光的年轻男子正说着。双方都看了对方凑巧正好眼神交会，只好礼貌的互相点头。OP总裁见状就说：“怎么？你们认识啊！”他们齐声说不认识。屋里除了让她先进来自己去泊车的扬升没到，就差GE的老董。也差不多扬升进来前后，GE老董也带个人一起进来了。

这是个顶级高档的私人俱乐部。OP总裁显然与此间上至老板下到服务人员都很娴熟。山上除了几位大老原班人马之外，新加入的这位相较他们大显年轻，堂鑫估计高有1米9，相貌更是公认人才风流的典型，谈吐谦恭尔雅不引人注目都难。未谈及专业之前，全然听不出是目前金融界的红人。拼凑几个老总的说法显然不仅才干，其财力也不一般，想来也是如此才会成为今晚的座上宾。相较他们，Akiens显得生嫩，极可能真是今晚由扬升引他入门。葛薇星只怕就连拿入场卷的资格都没有了，她就像武侠小说里的主角机缘巧合闯入奇境，对话高手。

除了葛薇星，在座每个人都选了自己习惯口味的雪茄。葛薇星特意细心的记下每个人的口味，也藉此学习认识雪茄。她发现Akiens显然不常用，更没有喜好或熟悉的口味。OP总裁特别关照她："Grace抽烟吗？"葛薇星忙说："谢谢。各位好好享受，我不用。"葛薇星点了橙汁，OP总裁仍是让服务员斟上与大家一般的红酒。这是OP总裁特意挑的酒，他自然要介绍一番，他说这是他与此间老板一同花了不少钱新标得的。堂鑫礼貌的向葛薇星举杯并说："夜晚愉快。你随意就好。"自己倒干杯了。葛薇星见状，咬着牙也就干了。

"我叫堂鑫请教芳名。"堂鑫低调地说。葛薇星礼貌地介绍了自己。GE老董插进来说："堂鑫没结婚吧？我们Grace还没结婚呢。"堂鑫笑说："忙啊，连对象都没有。老让家里催得很急呢。”GE老董转头举着杯对葛薇星说：“这家伙可是很不一般，黄金单身汉啊，金融才子，长得又这么一表人才，我们几次在日本都有星探找他呢。你们两个看起来挺登对的。Grace啊，我是跟你说真的。”

OP总裁听完仍叼着雪茄就对着葛薇星举杯大笑的说了：“结不结婚不是问题。男人想不老啊，交女朋友就不会老，特别像Grace这样漂亮聪明的不是吗！女人找男人，要像环游世界。找有见识，有本事的，重要是懂得享受人生的。不需要死守一棵树只钓一条鱼。你是Akiens爱将，我不好意思说还是说了。找个好男人不需要自己做得这么辛苦啊！”说完举杯喝干了示意。OP总裁喝干自己手上的马上又斟上敬Akiens说：“Akiens不好意思，不好意思，你的爱将。”说完就径自干杯。Akiens啥也没说，仍是一贯腼腆的笑着，跟着把酒干了。

扬升高调地举起杯子说：“葛小姐是专业人士，有她的专业呢。”说完自己干了转头对着葛薇星说，“这几个老董啊，都是前辈，自然很能喝的，你酌量就好。”

堂鑫接着说：“葛小姐别勉强喝，要是累了，我可以先送你啊。”

OP总裁马上发话：“嘿嘿，堂鑫这么早，你不能走，难不成见色轻友啊。”

堂鑫笑笑举杯干了。OP总裁转头对葛薇星说：“你没问题吧？放心，不会有事的，你要是喝醉了，我保证你一定安全回家。”

葛薇星挺尴尬地直说:“没事的! 大家尽兴。”

扬升举杯敬OP总裁并说:“日本那边经济还是不行啊?”积极的就与OP总裁深入的交流对国内这边业务的发展投入。那位房产大老与GE老董交换着国内P.E的一些发展业态,并不时关注GE投入AK 所属这个产业的状况,Akiens有问必答却从不主动多问或发表。

堂鑫时而答复他们的问题,主要还是有一搭没一搭的,就工作休闲娱乐兴趣嗜好与葛薇星聊着,并与她换了名片。显然两人最大的共同点是对工作的投入与几无休闲生活。关于堂鑫的专业葛薇星虽不好表现热衷,其实是吸水海棉似的专注。

你干杯我干杯的,不费多少时间,原先在山上已喝出的酒意便推升到高点,挺快就把大家依例的全喝醉。看来极不易有时间与机会凑在一起的这几位,这一夜是愉快满意的。散席堂鑫说可以送葛薇星。OP总裁更是积极地要送她。葛薇星让大家别客气,坚持自己就住旁边不让谁送。Akiens毕竟是她老板总要表态让大家放心。最后就剩她与Akiens,Akiens比每一位也没少醉,其时整晚偷偷去吐了两次了。除了扬升今晚自己驾车,Akiens是唯一没有司机的,他关心地问着她的打算,说一定得送她。并让她今晚别回山上,明早再上山。她坚持自己真就住旁边不远。醉的实在是不行的Akiens最后是搭出租车走的。

她看着大家都走了。自己越来越飘忽忽地不是太能感觉身体的存在。醉是醉了，这酒可能是好，倒不是令她太难受，意识其实还是很清楚的，只是倦了困了。没走几步，她才发现回家的路不远但是难，真是就要摊在路边了。正愣着，身边就一部车停靠了，车窗摇下。她还没能反应他就下车扶她上车了。

“很不舒服是吗？”他说。她只是不自觉地使劲摇着头。

“傻呢！你看你这个傻丫头，你怎么喝这么多，这下有苦头吃了。”她听着他总是那么温柔的说着。

她完全无保留的摊在副驾驶座上，还真是舒适安心。不发一语只全心全意勉力的设法撑起几乎阖上的眼皮。

他可是酒醉着驾车仍只管侧头看着她。

她听见细细微微时有时无的鼾声温柔地飘游在她耳际，终于撑起沉重的眼皮，在黎明中但还能清楚地看着三两颗星星。她在他车里，身上覆着他的外套。她小心转头看着酣睡的他。她自己都可以感受到自己脸上挂着打从心里溢出来的笑意。

车子就停在好几次他让她下车的老地方。可能是她睡着了他没叫她。看来他自己也醉得不行睡着了。她想真好，怔怔的看着他并轻巧地把自己身上他的外套覆在他身上。也不知何时自己朦胧地又睡去了。

重新再醒来，她一动，再度覆盖在她身上的他的外套滑落，他也同时醒了。他说在车上等她回去梳洗换衣服，她很快再回到车上他已帮她备好了早点。直接就送她上山继续她的培训课程。除了他，葛薇星从不让任何人接或送自己回家或上班的，她认为回家是私人事务不是公务。因此多年来除了Shelley喝醉去了她的住处一回，没谁知道更别说来过她的住处了。

虽然今天的培训课程是她主讲，也是她非常期待特意安排的重头戏。但是此刻她多么希望山路越蜿蜒越好，能有多长就多长。遇上堵车就太好了。只是想着就该下车了。他叮嘱着说："不许太累了。自己关注好自己，一切顺利，祝贺你成功。"她丝毫不敢赖皮只能乖乖老实下车了。还较平常她不自觉却颇为讨人喜爱的语气更是娇嗔地说："谢谢，真是让您太辛苦了。您一切顺心。"

"好了。再见。小心点啊。"他叮嘱着。并非得见她走入建筑物里。

"嗯！再见。"她说着，并依他的往里走去。

这天的培训课程葛薇星进行了角色扮演。由于她在大学里上过一些表演课，再加上她发现许多国际上知名杰出的业务人员，他们传记里都提到过表演训练与模拟演练。她认为透过进入情境适时互易角色产生同理心，会有助于她的业务人员较深入进入客户的心里去理解客户的立场，并能更清楚检视自己进行沟通谈判时的盲点。同时还能广泛地体验别人的经验，参考更多不同的想法与解决事情的方法，会有助于沟通与销售技巧的成熟。

透过这些培训，葛薇星要燃起团队对追求专业精进的认同与热情。她期待的业务人员将不只具备专业并充分认同组织，还必是一支充满热情冲劲与团结合作，战力不凡的专业团队。

前场葛薇星让大家互扮客户与业务。重点在进行拜访，包含初访、例行拜访与客情维护，尚未进入直接的业务。这原是最简单与大家再熟悉不过的情境，却让每个人透过别人的演出更清楚检视自己，也让自己有效放大自己的细节，重新思考自己。葛薇星就是要藉此让他们有所提升，并有意识地进而重新设计自己的业务样貌。预定这个拜访的部分，最后一天会再来一次，算是验收成效。

后半场费时就更长了。首先是由Shelley海外那边的沈晗淑演客户与小刘一组。

小刘照例来拜访客户沈晗淑："沈老板我们单位这个月考核啊，要请你帮忙了。"

"咱们是不是多加订一些，提早添补？"小刘向沈晗淑要业绩。

"不行啦。前面库存都在呢！我怎么添啊，还没卖呢。"演客户的沈晗淑这么说着。

小刘继续磨着客户。这是非常常见的典型，客情好的，也许客户或多或少给面子，有些绩效。客情不够的只怕业务只得摸摸鼻子走人了。大家针对这个情形有些交流，分享了一些经验。

葛薇星说了："小刘你真是好运气啊，遇上的客户都挺客气的嘛。事实上大有客户不是这样的。”葛薇星这次让景观演客户了，上来的业务是新人齐鲁，在3C产业做过三年业务。

齐鲁例行寒暄之后说：“景老板，业绩不错啊，我来帮你添订了。”

景观看都没看他一眼就说：“不必了。”

齐鲁继续说了：“景老板，我这个月考核，你得帮帮忙啊？”

景观这会儿白他一眼只说：“你考核关我什么事？我要是也考核，你是不是帮我把库存全搬回去啊？”景观这个辣得够呛倒是很实际，全场认同叫好。七嘴八舌各种客户样态开始热烈出笼。同时因应方法与解决之道更是大家关注的了。

这个演出，每一组都是两个角色。一个演客户一个演业务。每个人都会有机会扮演客户，并把平日所遭遇来自客户的各种难题放大抛出来，初时还没进入状况，几组演下来，加上葛薇星、景观、钟嘉浚等适时导引之后，客户的立场开始有效驻进每个人心里，如此更好的站在同理心，即能有效客观因应客户的反应。看扮演客户的同事抛出自己经历，或见识来自其他同事自己未曾经历的状况；也看扮演业务的同事，是如何因应各种困难与状况。不仅有更多解决方法的新经验得以参考，并能思考异同与缺失，也因此生出许多新灵感。

不需葛薇星引导，大家早超时热络地交流各种样貌的客户与状况，以及因应的方法与经验，反应好极。最后葛薇星让大家汇整来自客户的各种问题与困难以及解决的方法与经验。培训之后做成了问题集与解决方案的案例手册。并让大家随时将新案例加上，针对新、旧例，随时尽可能发表解决办法与经验。

AK这边培训延迟得很晚。晚餐也就很晚才开始，乐团早撤了，只留下钢琴还有电音乐器，少了乐团。留给AK已然群情高潮的这帮人正好，上台抢起麦克风说的唱的跳的可都不少。这天直到晚餐前Akiens总算露脸说了几句，看得出这次的培训他不仅兴奋并且非常的满意。

天色黑得透了就更显场边的营火烧得是熊熊红红的。映照着袅袅与一个更高过她，极其瘦长，妆扮时尚并顶着洒了摩登银粉极短发的身影。利落的举手投足尽显自信，十只纤长的手指透过营火照映出夸张挥舞着的黑影，不难想见一定是一双极有影响力的手。

很快的这两个身影加入了齐鲁。袅袅深泓的眼神满满是失落，清楚照见齐鲁一下便揽着纤瘦的身影。稍后则挽着那个有着展开可以跨越好几度音阶的手走上舞台。齐鲁端起麦克风。那个身影坐定在原本以为今晚要孤寂只当陪衬的钢琴前面。迅捷得不让看清楚何时展开的手，才一奔跃在琴键上，铿然的琴声马上掀起全场像浇了营火的热情，齐鲁的歌声一如他的长像不凡不负众望，琴声歌声与视觉效果，在台上台下都是痴醉，搭配得正好。

最为失落要算是袅袅了，但仍是一如平日在前台那样尽职的把信息散布出来。原来齐鲁与齐鲁证券的关系是这个交往了三年的女友郝漾，她是齐鲁老董的女儿。现在是音乐系的研究生，还是因为齐鲁才没出国念书的。袅袅说得好似让大伙，至少让在AK里的女众们，你们大家也就死心了吧，才好给自己有点安慰并留些莫名的希望。

来到周日便轻松多了。上午主要验收拜访与培训心得，午餐之后，培训也就告一个段落了。

培训之后上班的头一天，前台袅袅代葛微星签收了好大的花束。葛薇星忙极，只问了袅袅："谁送的？"偌大花束袅袅一时也没找到吊牌或附简。葛薇星只交代就供在前台吧。袅袅乐的坐在花丛边好似特别送给她的，任谁经过前台要不注意都难，前台很快就热闹起打听与揣测的业务。

袅袅费了好大的劲极仔细的才找到被淹没在大花束里署名的小签，那是一个别致的小帖，只是花束实在太大了。袅袅自己做主帮着忙碌无暇的葛薇星悄悄先看了，上面只写了：欢喜得识。T.S应是送花者的署名吧。袅袅自己揣测着。这足够袅袅费劲熊抱着的似锦繁花，摆在AK前台正好像庆贺AK的繁华。AK国内业务部更因为新进了好些形象、素质更高于以往的一批业务，整个形势、氛围更是迥异往日。

隔周周末又有葛薇星新的花束正好换下旧的，袅袅乐于备受注目的受惠于花丛。虽不是头一着了，花束仍是在前台新闻般的热闹一场，许许多多关于T.S是谁的臆测也热络了几日，契而不舍最为关注的自是袅袅，那根本就是她的专业了。

顷全力为业务部新品上市忙碌的葛薇星日日从早忙到深夜，往往精疲力竭下班倒头就睡。袅袅忙赏花与前台的新闻业务两人也没时间搭话交流，也许也是葛薇星并不上心，老早忘了有这么一回事。

在葛薇星强力主导下，AK全力布署新一季的新品，并有计划地要远远领先同业三个月上市。市场部的前、中、后期作业葛薇星都有部署。前期加强新品在消费市场的想像与期待，与同业大致无异；中期在消费市场侧重玩家经验，使用好评并且是深入感性地评鉴。经销商那边除了领先同业成为唯一供货商之外，营造奇货可居严重抢货的趋势，透过扩大发货促使经销商努力销售，也有效排挤对手公司的基本销量侵蚀对手的市场。后期Akiens这边媒体曝光度密集累积到一个程度，就开始大打品牌形象。并且下足功夫就是要崭新，极为耳目一新有创意的概念来打造品牌形象。

业务单位这边，葛薇星把钟嘉淩、景观与全部的业务人员都召集到大会议室。开始就每人辖区筛出前五至前三大合宜的大客户。逐一打电话催订单，目标是平常三倍以上的订货量，订量达预定目标给让三个点不退货。话术重点是：备受消费市场期待的新功能产品，我们足足领先其他厂三个月，是唯一货源，因此没上市就已缺货了。并政策性的对于添订或增补，一律直接回复缺货，再代为追货或调货、借货，总之不第一时间满足客户，造成奇货可居的趋势。

葛薇星更是下定非成功不可的决心，她对召集在会议室里的全体业务部伙伴们说："大家辛苦！很高兴在这边与大家一起奋斗。这个新产品对AK是里程碑，对我们业务部也是新局面，让我们大家一起圣战一场。今天我们就要在会议室里完成目标任务。任何人有困难、有任何问题，我们一起面对，逐一解决。"

葛薇星说得一如平日轻柔婉约。她告诉大家随时有办不了、达不成目标的，随时反应由她、钟嘉浚、景观协助，成功是唯一的结果，只有全员完成目标才离开大会议室。

时势也好氛围也好，让有不少觉得困难不敢说出口的好些人，只能硬着头皮咬着牙没得退缩全力上场了。初时没信心地也越说越精炼，越上手就越顺，越来订单就要的越大胆了。毕竟都是每个人个别的业绩。

齐鲁就打给他的最大客户顺裕的张老板说："张老板，别说我没告诉你缺货啊。那个鸿发下了八千个了。你让我留几个给你？"

鸿发是顺裕的最大竞争对手，遇有较抢市的产品一般是下两三千个。顺裕的张老板听了问："他订了八千个？"

"你别嚷嚷，别被别人听见了。现在只有我们公司有这个东西。SF、HU最快三个月后才有。我们这儿抢得很凶啊，留三、四千个你看可以吗？”齐鲁问着张老板。

张老板说了：“平常我就四五千个，你现在至少也给一万个。”齐鲁说：“不行，一万个我不保证。”

张老板说了：“你让你们景观或Grace打给我，我至少就要一万两千个。”

齐鲁答说：“我去想想办法，等一下给您电话。”

齐鲁挂了张老板的电话就打给鸿发的李老板了：“李老板有个新品就是那个型号e999你知道吧？留两千个给你，你看可以吗？”李老板回说：“可以。再看看吧。”

齐鲁说：“我们提早三个月上市了。HU、SF最快都要三个月以后。他们原定是过年档期上的。这个假期就热这个新功能，现在很缺货，我怕没留给你不好意思。你确定几个，我得马上处理否则就没货了。”

李老板说：“是吗？那顺裕下了几个。”

齐鲁电话里拖了一些时间很为难的说：“这个嘛……”李老板等急了追问：“到底几个？”齐鲁刻意压低声说：“他跟我老板要一万五千个，最后硬是挤了一万二千个给他。”李老板很生气的说：“那你只留两千个给我。你也太过分了吧，我至少都要一万两千个。”齐鲁答说：“这肯定没这么多库存了。”李老板说：“你无论如何给我办到，不然我去你单位找你老板。”

整天忙下来，一切就这么按葛薇星的计划操作，葛薇星给大家的目标是每一区的最大客户发货目标四到五倍。其余第二到第五大的客户约是平常三倍。她就是要把原本SF、HU的份额从客户那先占下，至少这个分额客户与市场是吸收得了的。这样的下货量对客户来说是在可接受的上限的，客户对AK的质量也有一定信心，客户自己会评估最差就是不进或极少的象征性的进SF、HU的货，不致会有风险。

首订远超过了葛薇星定下的目标，依据这个定量才通知生产数量。不只是AK，是国内业务部全员沸腾，会议室里的每个人都创了新纪录，都大大的经历了一场圣战，史无前例的个人经验。这可是全员欢欣雀跃沸到最顶点了。并不是每个人都没遇上困难与问题，但是大家最后是互相出主意，协力完成后，全员一起走出大会议室的，并不时仍余韵未了的互相交换经验与战功。

终于葛薇星总算较平日早下班，为了今天她特意请大家一起吃饭，算是慰劳也算庆功，这在一向尽可能低调的她是极为难得的，她与大家一样，实在也是心情沸到最高点了。她领着大家一起上餐馆，难得率先的走在最前面，出了电梯在写字楼楼下正好遇上堂鑫。她一见堂鑫便先开口了："这么巧啊！吃饭了吗？"堂鑫说："一起吃好吗？"葛薇星高兴的说："欢迎，欢迎，当然欢迎。"堂鑫这才发现原来有一大票整个的AK国内业务全到了。就说："下次找时间，耽误你们不好，怕你们不方便。"葛薇星心想也是，便未强力邀请。只说："下次让我请你吧。"堂鑫说："一定。明天怎样？我请你。"葛薇星心情大好笑靥灿烂的直说："没问题。"

AK这边市场部活动宣传攻势猛烈加之上市时间遥遥领先，炒得红红火火让客户觉得有信心。又是消费市场旺季，自是挑了天时地利与强力产品才会如此趁势而起。媒体这边葛薇星更是极尽可能结合产品领先上市与新功能强势炒作，让Akiens的曝光极尽可能来到最为密集。登时不仅红了产品，也让AK和Akiens大红了。这一仗在媒体、市场地位、发货与添货、销售，乃至公司内部的信心与气势都可谓大获全胜，漂亮一场。

AK的这支新品从领先上市到销售数字，尤其是媒体效应与市场气势。将AK推升到俨然市场一哥的局面，让对手公司震惊不已。几个大厂同质的新品这只怕要沦为二级品分食所剩的市场。这些大厂原先预计这个产品是今年的亮点，年度重头戏，这番局面遑论开发成本的回收，不仅个别的技术团队受挫，开发政策亟需检讨，整个营销投入与布局以及市场的运作也让人手脚大乱了。

SF老总的秘书打了电话约葛薇星，甚至不惜特意等在AK办公室附近，大力地打听与挖角。

就在Akiens忙于媒体与各种厂商密集的应酬之际，他的老东家HU也透过扬升希望找他出来吃饭。

Akiens是留美开始兼职替HU打工的，毕业后以高薪备受礼遇的进HU直到出来创业。HU创办人凌霄也是技术专业出身的，作为这个专业国内历史最为悠久的HU，无论技术、运营根基与企业规模在业界一直是首屈一指，Akiens是打从心里真心尊崇与向往的。他当初以HU的重要技术主力带着誉芳脱队创业，甚至陆续挖走几个人，像简筱誉、谢晋鼎等几个业务，虽然这些人在HU无足轻重，但HU老总凌霄在Akiens低调开业时，还是真诚热情的对他表达过祝贺，在市场上也从无任何阻挠或攻击，这更让Akiens对凌霄的为人与风范更是大为敬重。

对于凌霄的邀约他是一定乐意尊崇的。更别说帮了AK不少，又在好多产业与人脉上极具影响力的扬升出面联络了。

饭局上大出意料的是，凌霄试着想了解这几年积极扩张发展的Akiens，可有兴趣收购或一起发展HU这几年陆续加入运营的六个门市。不仅Akiens从没想过这种状况，即使是扬升事先也不知凌霄邀约的意图。Akiens只说："需要深入了解评估，实在没想过这样发展的可能。"他说的是事实，确实Akiens是从没这样想过。

照说HU的运营或是获利状况是不会缺资金的，看起来HU的门市也没有运营上的问题，按理不需找合作对象或是出售，个中原因凌霄没说。Akiens一时也不好意思问。扬升作为事先不知情的中间人，就更是没发表任何意见了。之后凌霄这边没再有消息，Akiens一忙也没主动联系。

职场阶梯，登高不同楼面见识不同风光，往来不同层级。

06

创意洗牌，势力也洗牌

Akiens正看着小杜履历的首页，这是葛薇星特别送来的。

1980.07.13 杜海盟

雄性 身长170公分 重170斤 温血 AB型 优良品种

最长：策划　　最擅：辩才

最能：文字　　最会：营销

最善：掳获人心　　最喜：弄墨

最爱：女人香　　最乐：渔欢

最好：色　　最恶：空腹

最厌：叨絮　　最急：止饥

最需：音乐　　最要：钱财

最常：嬉戏　　最戒：不开心

最忌：不洗澡　　最讳：啰嗦

最求：俊貌　　最怕：猫

最忧：肥胖　　最恼：顶上少毛

最缺：时间

很快的，小杜由前个单位的市场部高级专员升任AK的市场部经理。小杜的专业是广告与中文。研究生毕业就一直在广告公司与3C产业做营销。葛薇星是在市场部时与他有工作接触，一直非常注意他。事实上不只葛薇星欣赏他，小杜在业界也是以其才气颇受瞩目的。只是葛薇星更为积极大胆，游说Akiens启用他。担负起整个市场部，这不仅提供小杜更大的格局与更好的发挥，历炼新的产业正是小杜生涯规划的布局。能与葛薇星配合小杜也觉得创新空间大，时机与条件都好，小杜很快就过来AK了。

小杜的到来助长了葛薇星的加班团队，又是一个以单位为家的工作狂，一举烧得原本就只市场部章绮烟几个人，现在加入了钟嘉浚、景观、齐鲁等好几个新旧业务，日日灯火通明的就产品、市场营销、业务有做不完的研究分析与策略。

这天照例是过了午饭时间许久，葛薇星正要去吃午饭。走出单位大楼的电梯就接起手机，是堂鑫打的："吃饭没？"葛薇星边走边说："正想去吃呢。"说着才想起日前自己说请人家吃饭竟忘了。堂鑫说："那正好。一起吃吧。"他就站在葛薇星单位大楼门外。葛薇星还未及答他，才一走出来就见到堂鑫了。她可惊讶了："这么巧？"

堂鑫也没正面答她，只问了："没想到你跟我一样忙，这么晚也没吃饭。你有多少时间吃饭？有特别喜欢的或是习惯怎么吃呢？"

葛薇星自己觉得不好意思就在单位附近找了一个稍微幽静的西餐厅，他们一起简单吃了西餐，时间也不长，交换了彼此的工作状况，轻松愉快。一般听葛薇星轻声细语的，只怕难有谁不愉快的。

堂鑫大致说自己很忙，近期就要出差，连着得跑好几个地方，转个一圈回来也要个把个月了。

吃完饭，堂鑫一路送葛薇星走到AK大楼，并陪着一起等电梯。

“很高兴出差前终于有机会一起吃饭。我回来再一起聊聊吧。”堂鑫才说完，电梯门一开Akiens正好走出来。两人寒暄了几句，Akiens力邀堂鑫进AK坐坐。

AK来了这般风流人物可引起暗潮骚动的，袅袅通告来了个英俊帅挺明星样貌似的人物，自然不少人都偷偷瞧着了。

堂鑫在Akiens屋里说了一会儿，也去看了葛薇星的办公室打了招呼，很快就走了。

由于只有Akiens与葛薇星认识堂鑫，袅袅自然打听不出所以。信息有限故事编起来难有眉目，仅止于各种臆测。

第三季，市场让AK捣得完全乱了调，第四季是各家都紧张了。对手紧张非得快速因应，改弦易辄不说。AK这边不仅要乘胜，还要小心对手反击。而小杜，这是小杜来AK的第一击，是他市场部经理生涯的开张，压力可想而知了。

葛薇星、小杜、章绮烟市场部的几个，加入了钟嘉浚、景观、齐鲁等好几个业务，几个周末都没假期，几乎都待在单位了。特别是齐鲁，往往业务这边走了，他仍跟小杜市场部这边一起工作着。经常就见郝漾等得在一旁打瞌睡，章绮烟则是细致贴心地兼帮着打点饮食民生所需。

这天也是周末假期葛薇星出差不在，几个人早从周六一直没停地工作到了周日。郝漾的电话没停的一直催着齐鲁，齐鲁与小杜正为努力很久，这才耗了整夜理出来的文案与大样和美术章绮烟讨论，实在太投入也为好不容易的成就太高兴了，齐鲁既不耐烦也不好意思的就把响个不停的手机转到无声，一直忙到了过了午饭时间，两点多了章绮烟才去买回午饭。

小杜也还不吃，兴致起来就跳到大办公桌上挥毫。章绮烟与齐鲁拿着饭盒面对面高兴的吃着，边热烈讨论着大胆的用艺术味浓重的色彩计划还是波普艺术或是蒙太奇手法，各会有何效果？还揣测着葛薇星的想法。

吃着说着的，小杜要收笔了，吆喝让来看他的大字，齐鲁、章绮烟两人才围上来，小杜得意的大画最后一笔，墨汁不偏不倚正好扫上齐鲁的眼睛，章绮烟赶忙帮他擦拭着。郝漾正急急匆匆的走进来，见状一个巴掌就落在娇细纤瘦的章绮烟的小脸上。那纤长露骨铿然有力素有训练的手，一张开只怕比章绮烟的巴掌脸还更大。小杜、齐鲁都是一惊与不平。

章绮烟抚着红辣的半边脸，眼泪在眼眶里滚动。小杜跳下来看章绮烟并对郝漾说:“你怎么乱打人。”

齐鲁拉下郝漾大声说:“你在干嘛呀。”

郝漾甩开让齐鲁拉着的手说:“我在餐厅里等了你一个早上。你在这边跟她干嘛呢！”

齐鲁转身过来跟章绮烟说:“对不起!真是非常抱歉。”

章绮烟只摇摇头,接着对郝漾说了:“漾漾!漾漾你真的是误会了。”郝漾与大家也识得一段时间了,大家都跟着齐鲁这么叫她。章绮烟也没生气仍温婉的解释着。

郝漾看都不看她一眼,只对着齐鲁说:“你为什么不接电话?”

齐鲁这才想起了他的电话,取了过来一看三十七个未接电话,他一按才发现竟然死机了。他没说话。

郝漾再问:“你说啊你!为什么不接电话。你说忙完过来。你却在这边干嘛!”

齐鲁说了:“对不起!我忙忘了。”

郝漾又是迅捷的一个巴掌落在齐鲁脸上。除了郝漾以外,震惊的可不只齐鲁。小杜、章绮烟只怕更为吃惊了。两人识趣地走出去让出办公室。不稍久齐鲁打了招呼与郝漾先走了。

小杜与章绮烟继续工作着,期间除了葛薇星来了几次电话,齐鲁也打了几个电话问了色彩计划并关心工作进展。

晚饭时间过了很久,齐鲁又来了单位,就在大楼前正好遇上章绮烟,特别向她鞠躬道歉。小杜这时也正好走出来了,他说:“她也够累了,今天到这儿吧,明天继续。”都有一周没回家的小杜打了个哈欠继续说:“齐鲁,你帮我送她一下吧。”

章绮烟忙说:“不用,不用,我自己走。”

小杜说:“不行。天冷。你也连着两天没休息了。”小杜接着刻意暧昧地笑着说,“还是你更喜欢我送你呢?”

齐鲁颇为抱歉地不等章绮烟再多说,紧接着说:“你如果不生我的气,就上车吧。小杜住得远,让他早回去休息吧。”

章绮烟说不过他们两个就上了齐鲁的车了。在车上又是继续讨论日间大样的色彩计划,聊着聊着很快章绮烟就到了。

AK第四季形像海报风格迥异以往。一则是操盘的由葛薇星换成小杜,这正是葛薇星要的。二则让对手摸不着边,也给市场新鲜感与刺激。海报上的大字是小杜的墨宝,这不稀奇,文案却是出自业务部的齐鲁。情报来源自是仿佛与有荣焉的袅袅。首先就张扬的贴在前台不时宣传。

一如期待的,海报引起消费者收藏,不少经销商追着要海报。AK这边于是自己趁势在互联网上化名出价收藏与点评的炒了炒。这系列的广告海报,最后还极不容易地囊括了几个专业奖项,包含创意、美术设计、文案。小杜、章绮烟得奖了,连跨刀的齐鲁也得了大奖。真正大大风光的可不只他们几个人了。

AK正是内内外外都鼎盛繁荣,营销预算也随着业绩日益充裕。除了海报,Akiens很轻易的就批下并让下功夫花了钱,要在产品上市前在互联网上进行病毒式营销,包含每天有三万条相关讯息,投放目标共计是一百万条,讯息内容的设计要能炒作,并带动消费者发表讯息,诱发更多相关讯息与话题热烈投入。

随着第三季的业务政策告捷，此刻业务部上上下下对葛薇星的任何业务政策，可都是信心满满，毫无质疑，再无困难畏惧的。

到了年终，与媒体的餐会、厂商的叙餐，一场接着一场的。Akiens从来没这么忙，尤其是这么春风的忙着。年终的员工旅游因此决定推迟至春节后，让誉芳最为乐见的是，正好赶上由新来的人事经理筹划。

新任的人事经理是从英国回来的。大学、研究生学的都是人力资源。离开学校就进了外企，前后做了有七年。身材高挑长得颇有特色，男的女的要让人不多看她一眼都很难，AK因此逐渐有个说法："Akiens喜用女将，并且品味极高，非美女不用。"

美女人事经理万欢喜在新年度的第一天上班，她介绍自己叫Wendy。即使已是忙透了的Akiens，算是高规格的特意召集了几个单位的主管请大家一起吃饭，就是要把她介绍给大家。Akiens说："公司发展达到一定规模，在不同阶段有不同发展需求……"

Shelley听着一向惜字如金的Akiens说着，心理想着："美女果然威力不凡，这个Akiens只怕是用葛薇星用出心得与经验了。年轻貌美的女子有企图心没野心，相较男性各种成本还更低。不时发发美女牌，在商场上，这个毕竟以男人为主的世界里肯定吃香，真上场对峙时对手还容易失了戒心。"

Akiens是给了Wendy最为大度的支援。Wendy一如她高调的来也高调地进行着她的工作。专业、迅速，很快的各个单位的主管接连被要求开会。

她先高调地进行了人力盘点与短期需求的规划。她认为短期较迫切的先就几个阶段性工作着手。第一阶段必要完成职等职级的规划，职能与职务说明书，每个工作岗位的S.O.P；第二阶段导入K.P.I.；第三阶段才根据AK中长期的发展需求，拟定人力资源规划并着手调整与培训。这对向来形同没有人力资源部门的AK，其实是不小的工程。

会议上Wendy熟练得把工作分配下去，她说："各位经理本周之内我要收到职能职务说明书。下周下班前请完成每一个职务的S.O.P.。"

由于Shelley与葛薇星包含小杜、章绮烟、齐鲁等许多人，都为新产品推广奔走，出差在外居多。

钟嘉浚代表葛薇星出席，替海外业务部出席的沈晗淑则是迟到了很晚，都要散会才进来。会后Wendy对她说："你们老板没来没关系，但派了代表不能迟到。这是专业也是敬业，这次你的签到我先收了。下次麻烦尊重大家好吗？请不要迟到。"

沈晗淑忙说："对不起，真是很抱歉。Shelley出差了。我早上有事耽误了。"Wendy半点不慢的说："不需抱歉。说对不起这些都是无意义的，我不要任何理由。你来不了就该叫别人来。"

听到这儿沈晗淑就更没说自己为何迟到了。她也不愿迟到，还得补请假手续。实在是她为了家计，早上还兼着其他工作，今天早上她兼职的那个单位，老板娘病了，没人手，她实在走不了，所以耽误时间了。

Wendy正在前台训斥袅袅："你的仪容与前台的环境都大大有改善的空间啊。特别是你啊！你给注意听好啦……"

听到这儿原先是坐着的袅袅，自觉也许坐着矮人一截，自动立起她庞然的身躯才显得气势好一些。多亏这时出差回来的Shelley走进单位来。Wendy一见Shelley马上对袅袅说："待会儿再说你，我先找Shelley，她太忙了。"

Wendy马上叫住Shelley。Wendy对她说："Shelley啊！几次开会你派的代表都迟到。她还老是上班迟到。先不说她个人问题，做为传递任务的代表，这样发到你们部门的工作很容易出问题的。"

Shelley急急的才进单位，还真摸不清楚状况。就在前台让Wendy叫住了，没来得及开口就听她先说了一串。同时倒是看着站在Wendy身后的袅袅，在Wendy身后做了好大一个不像鬼脸的猪脸。

Shelley也没太好声的说："我刚出差回来呢。我先搞清楚状况再说吧！"就径自往自己屋里走去。Shelley心想这家伙在搞什么呢，不会是下马威吧！她把沈晗淑找来了了解状况。

Shelley出差了好几天，眼看明天要交什么职能职务说明书的。Shelley责怪沈晗淑："你没发下让大家做？怎么也都没跟我说啊。"

沈晗淑只是一味地点头抱歉的说："Shelley姐对不起！真是对不起！"

沈晗淑因为迟到了没听见周末得上交，之后太忙就忙忘了。Shelley也没真太凶她，主要也心疼她的家庭遭遇并体恤她早上还兼了一个工作。

Shelley打了电话给在外出差的葛薇星问她状况。葛薇星说："Shelley姐啊，钟嘉浚下了会就告诉我了。这个东西原本我们就有做了，就是再整理一下吧，估计先交了再说。S.O.P复杂些，我也做了一阵子，但是还没空细看跟整理，下周我拿不出好东西，我得跟Wendy讨论一下。"

Shelley说："什么是S.O.P啊？我不信Akiens知道。"Shelley一面和葛薇星说着，一面在计算机上敲着搜寻。

葛薇星说："没什么！就是标准作业流程嘛。初步你只需把每个人的工作顺序，梳理过确定之后书面化，变成固定的标准操作就是了。这不仅保证相同性质工作的一致性与质量，也好方便新人上手工作。"

为此，葛薇星差旅工作一完，她就最快速度兼程赶回作业她部门的S.O.P，她部门几乎是整个AK最复杂，人最多的了。

Wendy只收回了葛薇星部门与财务部的职能职务说明

书。誉芳的行政还有Shelley海外业务，包含Akiens亲自带的产品部都没交上来。

葛薇星一进单位才在自己屋门前，Wendy就来找她了。显然Wendy是交代过前台袅袅的，否则时间也不会掐得这样准。葛薇星一见她，不等她开口就很为难的表示："我正好也想找你花些时间讨论一下。但是现在我刚出差回来有些项目急着布置，下午找你好吗？"葛薇星说的确实。

Wendy只好说："四点可以吗？"

葛薇星快速翻了一下她的行事历答她："五点半好吗？"就这样她们订了五点半在小会议室。

Wendy主要就职能说明书与接下来S.O.P.的部分与葛薇星交换意见。这正好也是葛薇星预计与她要有所沟通的部分。

葛薇星还提了："其实C.I.S.的部分也很急，我这边市场部该做、可以做的之前都做了。你那边只要补强行为识别与企业文化就可以先完成一个雏型了。"Wendy是认同的。她只说："我人事这边自然有我的计划。企业文化得再设计一下。还得有些时间，透过一些宣传与活动才能真正形成。你那边作业要能准时完成，尤其是你那边人多又是公司营收的主要关键，非常要紧。"

葛薇星说："这周我真的太赶。"

Wendy说："天天在做，都做了十年以上了，又不是你自己一个人做。还做不出来。该加班的早该加班了。"

葛薇星仍是为难的说："我是认为也这么久了，是不是也别急这一两天，我可以有质量更好的东西的。”

Wendy自己也是天天加班的，她坚持不肯让步，她盘算质量无论如何，她反正终究要调整与修正的。她谈完葛薇星都七点了，也没吃饭、休息就直接在会议室等了好一会儿，她接着约好的是Shelley。

她一见Shelley进来就说：“Shelley！你自己都不准时，难怪你下面的人也不准时。我八点约的是Akiens，我们剩不到一个小时了。”

急冲冲进来的Shelley一下子心里的歉意全没了。Shelley说：“那就别废话了。这个现在给你吧。”Shelley递给她的是原订上周该交的职能与职务说明书。Wendy收起倒没看就说：“有发电子文件给我吧？”

Shelley回说：“没，收到再说。”

Wendy接着说：“海外这边人不多，业务发展得不错，但是好像很乱很不规范。你那个S.O.P.很重要，这周要准时别又晚了。”Wendy接着说，“沈晗淑是不是常迟到还不请假的。你知不知道啊？”

Shelley说：“我们大半时间在出差，有可能常常没填假单。”

Wendy说：“国内业务部人比你们多太多了，都不会像你们的那样乱。这可不是理由。当然以前确实是人事这边不专业，规范也不清楚。我现在有一些标准的要求，你要贯彻执行，别老是乱七八糟的，还有我会找沈晗淑谈话。”

虽然在单位里大家都是“Shelley姐，Shelley姐”的叫着。作为一个老练的业务Shelley绝对是能屈能伸的。但是这个Wendy也不知是老外做风还是哪不对劲，看着她Shelley老是觉得闷，她每次见了Wendy总是觉得闷着一把火，烧也不是不烧自己闷的不快。没到八点Shelley也不想多说，她就开口：“我还有事。Akiens一向很准时，时间留给你们吧。”Shelley径自就往外走啦。也不管Wendy嚷着：“喂！我还没说完呢。”

准时确实是Akiens的优点。Wendy与Akiens的会议就更快了。结果是由Wendy替忙碌的Akiens完成那些Akiens不知道的什么书，还有什么OP的。这让Wendy有些小意外。不是老板忙她要替他完成，因为这不稀奇很常见，她也早有预期。只是没料到老板不知道职能职务说明书与S.O.P这个东东。

东东是Akiens的说法。Akiens说：“我太忙了没时间搞那个什么书还有什么什么东东的。你就自己想办法了，我会让他们好好配合的，就先这样，我屋里还有客人等着呢。”说完Akiens就自己先走了。

Akiens屋里的客人，是透过董事Andy介绍的一个美国厂商，他们想透过AK代理把他们的产品引进国内。

Akiens听了大感兴趣把Shelley、葛薇星全找来了解。站在Shelley与葛薇星做业务的立场，只要不冲击自家产品销售，把现成的产品自动的往经销商发货，就有一定现成的业绩，何乐而不为。

Shelley非常关注产品的功能，葛薇星有些想法，但不便当着Andy与访客面前多说，这样的商务一般也不会一次谈定的，很快地有一定的交流就送客了。一行人陪着送客直到电梯口，Andy拉着Akiens陪着一起去吃饭了。

送了客人进电梯，Shelley与葛薇星交换着意见走进单位。前台电话直响没人接，别说袅袅准时必走。这也过了下班时间好几个钟头了，Shelley见葛薇星犹豫就自己先走了，葛薇星最终还是绕进前台接起电话，是一个熟悉的声音："请问葛薇星小姐在吗？"

葛薇星说："是堂鑫吗？"

堂鑫既惊讶又不好意思只说："我拨错号了吗？怎会是你接的呢。"堂鑫心里想自己明明拨的是前台不是拨葛薇星的电话的呀！怎会是葛薇星接的。他每次都先拨前台确认葛薇星还在单位没下班，再盘算一番，大部分能算准适当时间拨葛薇星手机。

葛薇星说："前台早下班了，我正巧经过就接了。"

堂鑫接着说："那你八成还没吃饭。怎么样一起吃饭或喝个咖啡，我可以顺道向你报告出差状况。"

葛薇星笑着说："我是还没吃饭难道你也还没吃饭？"

堂鑫说："你下来吧！我车就在楼下。"葛薇星迟疑了一会儿未答。堂鑫紧接说："还是我把车停好上去接你？"

葛薇星觉得不好意思忙说："我马上下来。反正也忙差不多了。”葛薇星其实对堂鑫的工作是充满学习热诚的。能听听堂鑫出差几国的状况是再好不过了。

堂鑫去了伦敦、日本、印度、俄罗斯、巴西。说了投资环境与黑金、绿金的市况与近期的投资规模，正是听的人热衷关切，说的人益发精彩有成就感。堂鑫力邀葛薇星：“安排个假期吧！一起去打猎。巴西那儿地广人稀，土壤肥沃，一朵牡丹花开的比人的一张脸还大。要是在森林里车抛锚了，等上一天一夜都不见得有车经过。”

堂鑫还说自己在美国念研究生的一个同学，在台湾省出生长大，在巴西上大学，大学没毕业都有孩子了。欢乐嘉年华，巴西女孩各个身材曼妙热情如火，他说他这同学一向稳重保守，洁身自爱、生活严谨，最终是抵挡不了，夫人年长了他七岁主动热情示爱。

巴西欢乐天堂让堂鑫说得如火如荼精彩万分，有森林神秘静谧的浪漫，也有歌舞升华的欢乐畅快。葛薇星听得好不神往，想起了他，如果有他一起共度，想着想着满心漫起了甜蜜，一时娇羞的绯红了双颊。

堂鑫说：“你真迷人。”

葛薇星回了神，强力掩饰自己的尴尬忙说：“谢谢你的分享，学习很多。这餐一定让我请你才好。你真是我的老师了，要好好向你的专业学习。”

第二天，Akiens就因前晚来访的美国厂商一案，再度把Shelley与葛薇星找来。这个在美国注册的公司是Andy的同学创办的。创办人Akiens也认识，只是就几面之缘不熟。

Akiens与Andy也是留美熟识的。多亏有奖学金，否则Andy家里的环境很困难。他们同寝室了一年多，直到Andy搬出去与女友同住为止。不似Akiens腼腆不善交际。Andy不仅功课出色，在那个年代看来也是一表人才。除了担任学生会会长还活跃于各种活动，交友广阔。

这个美国公司成立六年多，也是听闻Akiens做得很好，创办人衡量自己有技术才出来自立门户。Akiens大有帮忙与全力相挺的意思。

一早进Akiens办公室之前葛薇星已收集了一些资料，并侧面向素来交情可靠的客户打听了一些可能相关的信息。

Shelley受葛薇星影响也做足准备，她太清楚葛薇星的作风了，半点没敢怠慢松懈。对Akiens的咨询，她们两人看法大致差不多。葛薇星特别提出："这个公司尚无品牌价值。通路没打开，销售也不行。我们可以相对比较好的条件谈O.E.M。用我们的品牌重新包装，投入我们的通路会相当不错的。"

葛薇星分析："以现今AK的市况，投入任何产品都有一定基础销售量。因此适当扩充与现有产品同质性不高的品项，肯定有利营收增加。这个产品目前不仅同业没有，国内也尚未开发出来。但在国外尤其是互联网已有烧起的势头了，是极其有潜力的新兴消费市场。不仅是我们取得条件有优势，对我们的品牌或市场的地位与销售都是大大有益的。如果能藉此在内部建立新的作业经验，也许日后循此模式，与一些没有市场运作能力但有产品研发能力的团队合作，马上AK的产品竞争力就更有优势了。”

就这样Akiens成立专项指定由葛薇星负责。葛薇星自是兴奋不已胜心拳拳。

除了小杜是市场部必然参与，葛薇星特意重用景观，而齐鲁也是积极投入。从产品的测试、市场定位、包装材质与积才规格、美术设计、价格策略、营销计划、业务发展到C.R.M的体系，包含结合出版的产品手册，与结合异业推广的全国性的造势活动，预计九个月以后就要上市。

AK是一片忙碌的。人事部也是忙碌，Wendy仍是积极的催生S.O.P.，员工旅游的部分也没半点怠慢，虽来了新主管，誉芳的工作量半点没少只怕更多。没听过誉芳有任何的抱怨。其他部门吵杂声可很大，袅袅就更别说了，老是挨骂。宣传起来的自然都是放大的缺失了。起因其实多半是Wendy说话的口气。

客气周到的钟嘉浚说：“立场要清楚，怎么说大家都是平行部们，讲效率很好，但是得一起沟通协调。”

景观也有些意见：“不是只她有专业我也有我的专业。成事不是这么个方法的。不光强势就能成功，不跟她计较罢了。”

Shelley和Wendy两个更是不遑多让，嗓门可没半点客气过，两个特别张起锣鼓比大声地说了一回。起因是沈晗淑，但情绪只怕才是主因，两边都有自己的理，倒也不是吵架但都挺大声，不必袅袅宣传大家也都知道。

S.O.P.那套虽是推迟了两个月，对从零起始的AK其实也算快的了。总算在员工旅游前也有了第一个算是有品质的初版。

Wendy其实是专业用心尽责的。求好心切没错，差在手腕老练不到。纯外企做风没因地制宜适时调整，人际关系处理得不好，以致支持度太差。她替Akiens执行产品部的职能职务说明书以及S.O.P，自然是整个单位首先准时完成的。加班的情形不说，对于未曾做过这些东西的这个部门，在Wendy强势的风格下自然是怨声载道人仰马翻了，Akiens还收到匿名的投诉。

员工旅游去了巴厘岛。允许家属自费同行。Shelley带了老公一起来。郝漾入住了岛上FOUR SEASONS最顶级的蜜月VILLA，除了有SPA课程，自己的院落里有游泳池，厨房里有顶级的新鲜食材，还配有管家与司机，并能随时依所需调制三餐。

一票市场部与海外、国内业务，还几个产品部的年轻人，每日团体活动结束后便集聚郝漾这儿续场。袅袅跟前跟后地伺候着齐鲁，其实她对齐鲁的心思，没人不懂或说也没人看在眼里，只怕是戏剧化得太经典，习以为常就理所当然了。

晚间的餐会喝酒喝到一定程度了，Wendy趁兴搞了个真心话大冒险的游戏。先是仓库的阿华无心起哄很快就整个闹开了。游戏大致上是分了男女两组人，每次派一个上场划拳

PK，输的一方必回答对方所问。

Wendy非常有心的开场就说："游戏当中请说真心话，但是任何人听了只当是游戏，不可记仇、不可生气，当然不可涉及任何批评与人身攻击，必须有清楚的共识就是游戏。"她说完就自己下来带活动。头个被推举上场与她PK的是仓库的阿华。

仓库阿华1米7，最多也不会多过一两公分，非常瘦估计最多也就120斤。由于家境艰困，高中没毕业就一直在AK打工，毕业之后还兼了其他工作。随时见他都是满脸笑容的，为人随和擅长讨人欢心，人缘一直很好，一帮助理小女生都跟他姐妹淘似的。众人鼓吹着，他就顺着大家的心意上来了。

Wendy赢了第一场，她大声的问了："全公司最丑的女生是谁？"没料到阿华想都没想，其实他不想也知道该怎么答是大家欢喜的，就大声说了："就你啰！"全场瞬间极短的一时鸦雀无声，接着就鼓吹着叫好。

Wendy倒也大度没说什么只做了个鬼脸，就高高兴兴的请下一个女生上场。这边海外业务的助理阿雅被挤上来了，与阿华PK之后又该她问阿华："全公司最难相处的人是谁？"

阿华马上接着就高声得回答："Wendy！"这回全场可都欢声雷动哈哈大笑。就这样闹开了气氛。

接着上来的是产品部的秀秀，她又赢了阿华便问：全公司最讨厌的人是谁？没等阿华回答全场就高呼:“Wendy!”没见Wendy有任何发作，也没人多关注她，游戏倒是热闹的进行起来了。接下来与阿华PK的是袅袅，阿华问她你最爱的是谁，全场一致马上传出“齐鲁、齐鲁……”旋即阿华被拉下，齐鲁硬是被了挤出来，轮到袅袅问齐鲁:“郝漾不算，在场公司的女生，让你选一个你选谁?”

不会是你啦。有人说。全场哗然，七嘴八舌的，有人赶紧嘘声嘘声地制止，大伙可爱听了地等着。等了一会儿，齐鲁没答，全场鼓掌打拍的催促了起来，郝漾也从场边站到前面来了。大伙继续催着:“快说啊!快说啊!”这时的袅袅站的是女主角的位子，她正睁大了她其实挺大，并且有着漂亮的双眼皮的双眼，深情的看着齐鲁，只是大家目光的焦点都在齐鲁与郝漾身上了。催促吆喝声中袅袅听见了齐鲁答说:“绮烟。”

袅袅虽然一阵鼻酸马上就接着问了:“为什么?”有人制止她，只能问一个问题。现场骚动有人问齐鲁答的是谁，有人硬是要推章绮烟上来，章绮烟无论如何的闪躲。也有人推郝漾上来。郝漾啥也没说就顺着别人的推挤上来了，全场可更欢腾了。

郝漾赢了齐鲁，接了袅袅的第二个问题问了齐鲁:“为什么?”齐鲁又是为难好久没答。全场又是催他:“真心话!真心话!”齐鲁索性哈哈大笑拉了郝漾拥入怀里高声说了:“聪明漂亮!蕙质兰心，待人很温柔体贴啰。是公司的大美女啊。”齐鲁接着说，“下一个、下一个、来拼了吧。”

接着上来的是沈晗淑，她输了，该齐鲁问她:“说一个你自己身上别人看不见的缺陷。”

沈晗淑愣在那儿笑着，大家鼓掌打着拍子催着，她被催地所幸大声说了：“好啦！好啦！缺陷就是身材太好啦。”大家起哄不同意这个答案。她被迫说了：“胸部太丰美。”说完她接着说：“下一个谁？上来啦。”

上来的是小杜，沈晗淑问他：“要不要向我表白？”全场哈哈大笑有人就鼓励了：“表白！表白！”还有人说：“求婚！求婚。”没想小杜竟单膝跪下，并让大家退开些清出场地，这时前头的往后退，意欲让出更多空间给小杜，后面的却往前挤着凑上来看热闹，连才进来的Akiens也开心的凑上来了。

小杜问了要朵玫瑰或鲜花都好，大家忙递上酒店里插着的鲜花，一下好几个人递了过来。小杜只选了一朵粉色桔梗，还让搬了张椅子。这时小杜却掉过头背对着沈晗淑说：“Grace，麻烦你过来，我要请你帮个忙。”

葛薇星很高兴的过来了并依小杜的布置坐下。

“请接受我一如这粉色桔梗一样芬芳的真心。”小杜献上粉色桔梗对着葛薇星这么说。

葛薇星大出意外，又何止是葛薇星，全场每一个人都是意外，惊喜着这戏剧效果十足的精彩演出。小杜继续说：“请给我机会跟我交往吧！你会看见我的才华与一个和你不同，但是一样精彩的世界。”

沈晗淑站过来他们中间，笑得合不拢嘴，得意的问葛薇星说：“请回答，接受吗？”

葛薇星嗔着对沈晗淑说:“你的一个问题已问完了，换别人了啦。”葛薇星站起来说下一个是谁快上来。大家起哄要葛薇星回答。

葛薇星要章绮烟上来，章绮烟配合着马上就上来了，她问小杜:“最爱写的毛笔字是哪个字?”

小杜答:“最近只写星字!”还说要当场写。有人真去张罗道具了。小杜当场写了。

这边换上Shelley。小杜边挥毫边问她:“一周跟老公亲热几次。”

Shelley大笑答说:“每晚总有好几次。”Shelley老公腼腆的站上台亲了她。大家鼓手叫好。小杜写好了大字是像草书的行书“星”径自拿到葛薇星面前呈上。气氛极热。

接上来的是景观。他问Shelley上一季考核领了多少奖金?接着有问三围的。有问别人女友电话的，好不热闹。

最后又轮回Wendy，话题又回到对Wendy的不满，大家算是大大的对她消遣与宣泄了一番，她一直很风度。但气氛终是转为尴尬。这对一直以来辛勤工作与劳心劳力筹划此次员工旅游的Wendy是有所挫折的。

成功的员工旅游，能凝聚士气与建立工作伙伴的情谊，也是各种八卦流窜、揭露真相的时候，当心“秘密”不保。

07

轮调练经历，一步一脚印

夏季的时候Akiens先是让葛薇星了解HU的门市，接着让她评估AK接手的可能。葛薇星认为随着AK产品线的扩充与强势，自有门市不会冲击现有经销商的支持，面对竞争对手还有效增加竞争筹码。加上第三季O.E.M的产品如果成功就可循此模式更积极引进更多产品，有自己的门市可就更有操作优势了。因此大表赞同。

葛薇星认为：HU门市相较其他传统门市，虽进入市场较晚但是做得还可以，特别是HU确实是有品牌影响力。一但接手最好保留HU这个品牌。

保留这个品牌对Akiens来说争议就多了。首先操作技术就是问题，其次下功夫替别人经营品牌也是个问题。

无论如何看来Akiens是打算接手HU的门市了，他找了财务商量首先是解决资金的问题。葛薇星建议Akiens也许可以找堂鑫规划，除了解决未来各种可能的资金需求，也藉此培养业务合作关系，这都是AK长期发展必要思考，并该有计划展开的业务与经验。

Akiens接受了葛薇星的建议与堂鑫谈的极好。这样小的案子一般堂鑫是没有兴趣的，但是堂鑫给了一些意见与规划。

很快的由Akiens做东，毕竟凌霄是前辈也是长辈。除了Akiens，卖方HU的凌霄，还有居中牵线的扬升，加上协助做资金的堂鑫再就是葛薇星。因此由葛薇星负责安排。

这种交易保密是很重要的，因此葛薇星一一亲自打电话与安排。这个安排让她工作情绪特别美好，正好有合适的理由频频打他的电话。

这天出门前葛薇星花了不少时间，至少比起平日那可是大大费心了。整理了头发还细心化了淡淡的妆。连身裙也是试了好几件才挑定的，就连胸前的钮扣，也是解了又扣扣了又解，好几回才拿定主意，不到了最后时间都没能出门的。

用餐时间不到Akiens又是挂记扬升，他实在也看重扬升总让谈判气氛良好。收购门市这个案子，没人知道。他自己是打从没任何想法到酿成了雄心勃勃，志在必得。就像登峰攻顶，这已开始了一山还要比一山高。

焦急的Akiens不住地催促葛薇星打电话给扬升。Akiens与葛薇星同车往餐厅的路上，Akiens就让葛薇星打电话，让扬升别忘了过来。

不一会儿Akiens又交代："你告诉他堂鑫会来。"Akiens频频催促着葛薇星，就是要看着她联络的情形才放心。他担心扬升忙着忙着忘了就不来了。葛薇星就这样在Akiens车上连打两次。其实所有的安排葛薇星已与扬升联络得很清楚了，她早私心的极尽可能的找机会联络他了，只怕早已都过了。连葛薇星自己都暗暗觉得到了该节制的地步。

这又为难在心里的按着Akiens的意思打过去，才一响，扬升接起说："丫头，啥事啊！"葛薇星第一次说："扬总，今晚的餐会吃的是上海菜，订了胜馨在八八号包厢。"第二次打过去说："扬总，今天堂鑫先生也会来。"

扬升说："好的。"

到了餐厅临下车Akiens又要葛薇星打给扬升问他出发了没。

葛薇星心里既暗暗觉得不好意思，又乐得有好理由频频打电话，心里甜甜的搅动着又按了电话说："您出发了吗。"

对方回说："你别急！要出发了。这就马上出发。"

葛薇星的那桶甜蜜再度被大力的搅动。满脸的绯红与喜色走进餐馆正好碰见了堂鑫。

凌霄是资金出了问题。他的儿子投资别的产业出了状况，透过他觉得可以信任的扬升，希望出售这个后期才投入跟本业比较不直接关联的部门。因此找上Akiens。

从第一次联络也过了大半年快有一年了。主要也是惜售，最终仍是迫于无奈。

凌霄是性情中人又特别能喝。他在业界也是能喝有名的，当日他特别带了自己收藏的白酒，热情的敬着每个人，杯杯都是干杯见底的。扬升一向也是敬重凌霄也就一再杯杯见底主动回敬他，以示尊崇敬重。心里多半也是见他晚年了却要为晚辈操持不忍。

由于Akiens一向腼腆少有主动发话，扬升重惜凌霄的身分与地位，整场就主动穿针引线的主导推进。凌霄这边想卖；Akiens这边也评估想买了；找了堂鑫做财务规划。堂鑫干了好几次大大表示："扬总的意见太高明了。"

扬升说："我们葛小姐的功劳啊！你可是我们葛小姐的偶像啊，她今天很隆重的，还打了好几次电话催我，提醒我你会来呢。"

整晚也都敬了每个人不知多少轮了的扬升这说完，才第一次礼貌的向葛薇星举杯："葛小姐随意就好。"

葛薇星倒是心里着急的一仰而尽。放下酒杯就看见扬升的眼镜后面一双讶异的眼神说着："你怎么这样喝呢？"

葛薇星去了洗手间有好一会儿。之后堂鑫也离席大约也是去洗手间吧。走出八八号包厢，向来多是红酒少有白酒的堂鑫往洗手间走去才发现自己的摇晃，停在女洗手间前面叫着："葛薇星！葛薇星！你还好吗？你没事吧，是不是喝多了？"

葛薇星只想自己静一下，其实就只为发一个短信给他："他绝不是我的偶像。从小到大，我第一回有偶像。是您。是唯一一次唯一一个，未来也不会有了。这也是我对自己的珍惜。"短信打好了，只是一直迟疑着没发。

包厢里扬升说："凌老、Akiens您们聊聊，我去看看他们俩个是不是喝多了。"凌霄与Akiens都明白，大家是世故周到。避席方便他俩也许有条件要单独沟通。

扬升正往女化妆间的方向走。远远的就见略显踉跄的堂鑫与葛薇星显然正朝八八号包厢走过来。他直接就拐进左边进了南侧的洗手间。他在吐盆前催吐，手机显然来了短信他也没看，吐了几次接着漱口洗脸，重新走回包厢。

高浓度的白酒反应很快的。即使像凌霄、扬升这种业界有名能喝的高手，几轮喝下来很快就可以感受醉意。就更别说是Akiens、堂鑫。葛薇星虽喝不多其实是闻着也能醉的。扬升与堂鑫交换了这个案子的财务设计。很快的大致就有了大家认同的方案。

时间算是不晚，才过九点半东道主Akiens与葛薇星就在酒店门前，先送了凌霄再送堂鑫，堂鑫问了说可以送葛薇星，葛薇星婉谢了。再送了扬升。剩下Akiens与葛薇星，葛薇星坚持自己走并陪Akiens等了一会代驾，把自己的老板Akiens送走了。葛薇星还不想上出租车，感受着自己的酒意迈着迟缓的步伐，在人烟稀少的人行道上仰着头望着天踱着，只见休假的没了月亮的大片天空，还算干净的一片湛黑，清晰的闪着寥寥可数的几粒星光。思绪还来不及清楚些，手机的响声把她惊醒了："你在哪里！"他在手机里问着："我怎么没看见你啊？"

"我……我……"葛薇星说着才发现自己没注意是如何走离开酒店的。这才在电话上一面努力的辨识与描述自己所在，他的车已停在她身边了。

他下来开了后座的门让她上车。她坚持坐在副驾驶座。两人一上车她就说："他不是我的偶像。你才是。你是唯一的。以后也不会有其他的了。”

他说：“你坐好躺下一点。好好休息，我送你回去。”一面帮她调整座椅。她仍坐得直挺挺的继续说着：“你才是我永远唯一的偶像。我从不曾有过偶像的，并且你当着这么多人这么说，会让别人误会的。”

他继续调整着她的座椅说：“好了，丫头。你累了。坐好躺在椅背上会舒服些，好好休息。”说着就按下葛薇星的椅背并低身的协助她往椅背靠下坐好。

他一低身靠近，她双手旋即环绕的揽住他的颈项。他仍继续安置她坐好并说：“丫头，你喝醉了！别淘气。”

她用印似地不住的这儿那儿的亲吻着他的脸。他一边拉下她的手一边说：“丫头。不行，你这样我受不了的。不行啊。不行啊。我会受不了的。”他终于挣脱了她，并快速用安全带系上她。旋即他把车开动，并拉下车窗开了个小缝让清冷的空气换去沉闷的酒气，又怕她吹风的问着：“凉吗？喝了酒不能受凉。”

她稍有些冷静的终于坐好，自己也觉失态却没勇气开口，只一直低着头羞在心头。

他说：“我想对你好。我不能害你。”

就这样双方一路无言。很快的一如以往，在离她走回公寓大门最近的地方，他下车替她开车门，看着她进了公寓大门，等她告诉他进屋了他才离开。

AK收购了HU的门市倒是非常单纯。几无异动门市的工作人员，原班人马做着无异平日的一切。人事Wendy这边也适当适时做了些功夫。葛薇星向Akiens力荐拔擢景观出任这个部门的最高主管。就这样景观充满创业精神的卯足劲地努力做为。

这天过了下班时间晚餐稍晚一些的时候，葛薇星接起办公室内线，小杜说："Grace，一起吃饭吧！有事跟你商量。"小杜也很忙。一向也是以单位为家的工作狂。牙刷、被单都放单位里了，使用频率还比家里多。这最近除了O.E.M的新品如火如荼要上市，又新加入了门市，这忙得倒是令他很兴奋的。

他与葛薇星一起就近在单位楼下附近吃了简餐。小杜递上一个牙白色底纹紫色小碎花的纸制品。那个精致的纸制品约三十二开大小三折，看得出是手工自制，极细腻感人的手感与用色，无论如何看来都会是一片感动。

葛薇星细心轻巧的摊开来，一面看着一面听见小杜一字一句的说："正式邀请你明天晚上一起晚餐。"

情人节。葛薇星从来都觉得那是经济活动。此刻听着小杜，心里浮现的是他，他那一夜端正的握着方向盘，直视前方认真驾着车地说："我想对你好，我不能害你。"葛薇星想到这儿不由心痛。想着自己被拒，眼眶一下就湿热起来，忙收回心绪。看着小杜如此诚意精美自制并亲自正式提出的请柬。

小杜定的用餐地点是明月下星空前；法式料理，牛排或海鲜任选，主厨小杜。红酒与香槟是1999年份的。早有盛传小杜厨艺一流并且色香味创意具全。

小杜对葛薇星说："我是真诚的。员工旅游那次说的每一言每一语都是真心的。"

葛薇星说："我确实很意外。小杜，你不仅是才华横溢，还很让人心动与感动。真的谢谢你。我把你当朋友，我要诚实告诉你，我心里一直有别人住着。"

小杜哈哈大笑："我有心理准备的，你明天可能早有用餐对象了。"

葛薇星说："真的很感谢你。你真的很迷人。"

小杜说："只要没成定局请给我机会吧，我不会放弃的。"

葛薇星说："别这样，你真的别这样。你条件那么好。其实章绮烟很好。"

小杜说："别说任何其他人。章绮烟非常好大家都知道，我眼里只有你，一直只有你。虽然我很忙，我事业心很重，但是我禁不住自己，我也不想错过。明天我的对手是谁，我认识吗？"

葛薇星没答只一味摇头。

小杜说："你说！无论对方条件多好我都不会妄自菲薄的。"

葛薇星说："你别这么说，你很棒很好的，我知道你能理解这不是条件问题。"

小杜说："你们也没成定局不是吗？没结婚？没订婚！"

葛薇星说：“人家只怕对我也没意思。我放不下也没想要放下，很多年了。”

小杜说：“对方不会不知道吧？”葛薇星没答。小杜继续说：“虽然不该帮情敌。但是你该要让他知道，也让自己有机会。当然这样也许我也有机会。你现在就打电话约他，来吧！快！现在就打。”小杜很认真的催促着葛薇星。

葛薇星自然是不依。一顿饭吃得也差不多了，两人就回办公室继续工作了。市场部是全员加班，并且多了齐鲁，因此自然奉送一旁无聊晾着的郝漾。景观这边也加班忙着。

葛薇星看了他们的工作状况后回到了自己的屋里。拿起手机想打电话又想发短信，千言万语多种想法仍只是握着手机愣着，她忽然吓了一跳是手机响了。她没来得及看本能惊慌地接通。

“明天有空吗？”是堂鑫，他接着说：“如果你方便明天想与你好好的吃个饭。”

葛薇星满怀沉重倒不是因为堂鑫，她打起精神说：“你太客气了。有什么事不一定吃饭，你说一声，我一定照办的。”说到这儿葛薇星心里隐约觉得堂鑫也许也像小杜一样的心思。

堂鑫说：“如果你明天有时间就赏光吧。我是怕你早有约了。”

葛薇星说：“最近很忙都在加班。我们代理了美国的一个颇为新颖的产品，赶着下个月上市。你呢，应该陪女朋友吃饭吧！”

堂鑫说：“八字没一撇，人家不答应。”

葛薇星说：“这么好的条件不会吧。还是我帮你介绍？”

堂鑫说：“那先说好了，要是介绍不成你可要自己屈就了。”

葛薇星说：“那还是算了，这太委屈你了。”这时葛薇星办公室座机响起。

堂鑫说：“哈哈！我占线太久了，你的电话来了。你明天有空打给我吧。”

葛薇星匆忙接起座机：“这么晚了，还没休息啊！”是他，不知道为什么葛薇星一下整个人都软弱了起来，眼泪不觉就大颗大颗的滚落。原打算继续加班的她忙强自镇定的说：“这就要走了。”

他说：“要下大雨了！再六、七分钟你可以下来，我送你回去。”

葛薇星往窗边走近，依稀可见蒙蒙的几许晕开的光点散落在城市的各处，近看即见洒着像拉了断断续续虚白的面线似的，漆黑的夜里不知何时急急的落起绵绵不绝的雨，颇有来势汹汹的样子。

雨势一如他预期的快速加大，这不时还兴起绝对恐吓惊人的雷声电光。他才见她要走出大楼就撑了伞上前来接她上车。车上他问她吃饭了吗，冷吗，工作顺心吗，别太累了，都是一如以往的这些。她心里搅着千万种辨不清的滋味，仍是满脸一如从前静巧的答着吃过了，您吃了吗，不冷，一切很好，不累，您别太累了。这回他接她下了车还一路撑伞送她到公寓楼下，并看着她进去，等着她告知进屋了。他才驾车返回单位与一屋子等着的人，继续先前开了一半中断的会。

AK的情人节，在袅袅坐上前台之后，热闹的状况是匹配得跟上AK的业务状况的，这点袅袅的业绩是完全兴隆的。袅袅播报收到最多花束的是章绮烟。最豪华最大的花束是S.T送给葛薇星的。

这次葛薇星才记起，这以来好几个自己未曾留意的署名S.T的花束原来是堂鑫送的。当然葛薇星也收到小杜精致极有特色的紫色玫瑰，看得出是小杜自己设计亲自动手包装的。

小杜送的花束，小一束就只有九支玫瑰。以牙白与卡其色双层棉纸包裹。再系以黄色缎面蝴蝶结的紫玫瑰，棉纸纸浆的纤维成为视觉焦点，质朴的质感雅洁的颜色只会更贵气高雅，凸显黄色缎面蝴蝶结与紫玫瑰的贵气与神秘，反更浓郁的潋丽。一早这束花就在单位引领风骚引起注目与猜测。这样绮丽惹人注目的一束花，AK情人节当日又巧没比这个更让人瞩目的焦点新闻，这让袅袅无论如何也忍不住，其实偷看了。

袅袅特别离开前台来到小杜身边对小杜说：“你追你老板？”小杜没停下工作的看了袅袅一眼说：“是啊！”

袅袅继续说：“她比你老吧！”

“我大过Grace。再说年龄根本不是问题，她大过我又何妨。”小杜仍是没停下工作的说。

袅袅继续说：“她工资比你高。”

小杜还是没停的工作说：“我自会有一番作为，不会让她委屈的。”

很快大家就知道这个特别的花束出自小杜。小杜毫不隐蔽，大方承认，这算是高调公开追求Grace啦。

袅袅也提供情报给小杜，每次前台豪华大花束就是S.T送给葛薇星的。至于谁是神秘的S.T？袅袅打听很久了，就差没向葛薇星打听。

Shelley可甜蜜了，除了客户送的，桌上摆的花是他老公亲自送来的。袅袅说，署名是“你的秘密情人”。

Shelley说她老公可是她培训过的。一年三节，生日、结婚纪念日、情人节，鲜花、烛光晚餐是基本的，她说下了功夫培训才能幸福甜蜜到老，还有什么是比这个更有价值的投资？

其实偌大办公室里，没收到花的人还是多数也就不足为奇了。可袅袅每隔正点播报最新状况总会说：“Wendy 目前是零。”此外大家也特别替袅袅宣传，袅袅也有收到大家臆测她自己替自己送的一束花。还替她下了结论：“没人送，自己送也是一种幸福嘛！”

情人节第二天，晚饭时间堂鑫来了电话：“我在楼下。一起吃个饭吧！不会耽误你太多时间。我得去伦敦一段时间。”

就这样堂鑫都说人在楼下了，葛薇星就算再忙也总得一起吃个饭。堂鑫确实也非常忙。他们就在AK楼底下旁边的咖啡馆里，没花多少时间简单愉快的吃了晚饭。

晚饭后堂鑫与葛薇星并肩往AK走回的路上，他说："让我来安排，你一起来伦敦好吗？"同时轻巧的试着握住了葛薇星的手。葛薇星一怔，整晚的愉快转瞬间开始酸楚，心里马上就都只是他。有好一会儿他们就这样握着手走着没说话，她觉得忐忑了好久，才自以为适当的轻巧委婉的挣脱堂鑫的手。

很快到AK大楼前，葛薇星对堂鑫说："真的非常的感谢你。我不合适。祝你一切顺心如意。旅途愉快。"她主动伸出手，他们握了手。葛薇星说："再见！保重。"

他说："我大约两周后走，也可以等你更晚，希望你能认真考虑一下。我等你的电话。"

AK首次透过O.E.M引进的新品反应极好。这不仅是AK发展的里程碑；对葛薇星的职业生涯也是一记大跃进；对小杜更是极其有意义的重要历史纪录。景观这边门市绩效也相当好的高于预计目标。AK整个业务单位气势都极盛，也因此面对高调的Wendy 自然不会客气到哪。Wendy在员工旅游之后就初版的S.O.P，一直在与各别每一个工作岗位进行深化的修订，进展与质量显然不如初期顺利。

AK的业务工作确实也是繁忙，尤其是葛薇星与市场部几是全年无休的态势。景观的门市也在他的拼搏下带动着一股热衷工作的气氛。Wendy一向高调，在大家眼中，她的作为是一副理所当然大家必需配合。加上袅袅煽风点火，更有她是仗了老板的势自以为专业傲慢不羁的形象。很自然成了每个办公室里，总会有或大或小的一股不满的洪流所针对的目标。

这种洪流通常是汇集了办公室里，每个人对单位、对主管或是对工作以及同事，所产生的各种相关或不太相关的大大小小不满情绪而成。

Wendy虽有一定的专业，并且是人事。照说更深谙这个几乎办公室里都有的潜现象，却致命的把自己个人做成了AK这股暗流集中的目标。这其实也是很多单位里这个职务的经典缺失。Wendy在工作上面临的不仅是业务本身执行的滞碍，还加上人际关系造成的阻碍。相较她的努力与付出显得事倍功半。

茶余饭后，袅袅宣传大家对Wendy的说法绝不比Wendy对她的责备少。袅袅说得最为客气的版本是："Wendy声音这么难听。"袅袅更特意努力装出娇柔的嗓音说："像葛薇星要人做的事绝不会更少，就没听她大声过，她就算骂人只怕别人也爱听，发嗔就有一票男人努力工作了。连Akiens都很听她的呢。"

一直到了年底，Wendy总算完成了S.O.P的修订。紧接着她不仅要着手K.P.I的部分还得筹划年终的餐会与员工旅游，以她加上誉芳、老叶与袅袅实在是很大的工作量，确实需要加人，她希望增加两个人，一个副主管，一个有经验的专员。也许精打细算的Akiens一向总认为有誉芳在，这个部门不担心风险，就只批了一个。

年终餐会上摸彩的奖项特别精彩于以往。一方面是AK加入了门市业务，往来供货商骤增，一方面也是AK近年气势如虹的，一些厂商、银行提供的奖项也大有长进。Wendy要求每个部门都至少要上一个节目，国内业务人多则要多提供两个，大家意见很大，当然这更多是对Wendy一向的惯性反弹的扩充。

倒是这不只海外业务，国内的包含门市、市场部确实都是极其紧张与忙碌。即使是财务部也因为新增门市单位，工作内容有很多需要调整与规划，工作量也是大增。即使对Wendy反弹，私下大家还是兴奋期待的准备着节目。

餐会包下了一个高档的酒店，在一个周五晚间举行。节目策划众望所归是由小杜主导，当晚的主持则由小杜搭配葛薇星力荐国内业务这边的一位身高1米78的美女业务薛渼路，齐鲁则搭财务部的美女慧襄一组。两组主持人串场搭档。主桌这边除了银行的高管，还来了好几个极为知名的业内高管，都是门市供货商的代表。GE总经理也来了，算是表达了对AK很大的重视，也给足了Akiens面子。除此，意外的出现了几个让人料想不到的来宾。一个是对手公司的凌霄。另一个是忙碌的稀客扬升。

几个来宾都上台说了话，还帮忙抽了几个大奖。凌霄说：

“祝贺AK与Akiens努力有成。祝福AK的每一位同仁特别是以前HU门市的旧伙伴。我努力不够非常遗憾。相信在Akiens的领导之下，各位一定鹏程万里。真是很感谢有今天这个机会，藉此要感谢大家与祝福大家。谢谢。祝贺与祝福啊！并在此先向大家拜个早年了。”

凌宵说得非常真诚，也看得出他对出让过来AK的门市旧同仁的关心。难怪他一直享有盛名备受崇敬，连扬升也是极为礼敬凌霄的。

应Akiens的要求，他希望扬升可以分享工作上的经验，给AK的伙伴一些激励。扬升没占用多少时间，客气的表示就自己的看法分享：“很多人在工作稍有表现就跳槽换单位，短期看来好像工资增加了。但如果老是换来换去的，最终你可能会发现，中、高阶主管，都是在同一单位上长期磨炼与经验历练上来的。所以与大家分享，做自己喜欢的，喜欢自己所做的。舞台下站久了，舞台早晚是你的。在此祝愿各位嘉宾；祝愿AK还有Akiens与所有在座的各位，心想事成。”

扬升说完照例帮大家抽奖，小杜宣布得奖的是Grace。奖项是电动自行车一部。就这样葛薇星心想事成的上台了，她想的自然不是奖项。

扬升对她说：“恭喜，恭喜，好兆头啊！来年会很好，一年更好过一年。”说完就礼貌的略微申出手探询握手的意思。葛薇星也礼貌的表现主动伸出手来握了手。

这是葛薇星第一次握着他的手。那手不仅厚实并温暖的包覆了她，虽只很短的时间，她总觉得她还感受到另一种深层厚重的像是关爱，也像是呵护，一种安心安全的感受，实在难以言喻。却是让她不足为外人道的一直幸福甜蜜好几年。

接过了扬升象征性的取奖牌，葛薇星走下台，心里想着，不知道今晚扬升是否又会把车停在她身边。只是想着她就听见身后扬升正向主桌宾客致歉、道别，显然还得去别处赶场。

由于隔天是周末难得AK这帮人打算休兵不加班。当晚餐会结束之后葛薇星她们整个的国内业务部齐聚在KTV里。有许许多多无论如何都要大大庆贺的理由——庆贺达成业绩目标；庆贺刷新的销售数字；庆贺许多的成功案例；庆贺足以傲视同业的许多活动；庆贺大家的伙伴情意；也庆贺齐鲁。

当晚齐鲁与郝漾特别欢唱，虽然众所周知，他们这一路大吵不少小吵不断，虽然大家总自动回避，但齐鲁挨耳光也没少见。齐鲁郝漾他们连唱了几首歌之后，宣布了马上要订婚。明年郝漾研究生毕业他们就结婚一起去美国。也就是年后齐鲁就要离开AK。

听了这个消息，对不少人来说其实分不清算不算是好消息。大家走过了打拼的时光，建立起各种真不只是工作上的感情。好几回大家都来与齐鲁抱在一起，似乎不舍多过祝贺。

袅袅更是毫不客气地终于可以抱着齐鲁痛哭。打从齐鲁来上班的第一天开始，她就深情不移的茶水、早餐的伺候，齐鲁纵然有超过大半的时间出差，忙着业务部的事，还更多的加班是跟着小杜章绮烟他们部门忙着市场部的工作。可袅袅的电话从没少过，反正是公司付钱的电话。

每次郝漾才进单位，袅袅一定先通知齐鲁，还自己做主主动耽误郝漾时间，她想帮着减少郝漾对齐鲁的干扰。事实上下班离开单位，她也是不惜血本的用自己的手机，用心的嘘寒问暖与传递情报。

就如她的播报，其时也是AK里不少女生的心事，要死心了，AK第一美男齐鲁要娶齐鲁证券的女儿了。那天之后袅袅是多年来极难得的萧条了好一阵子，更难得的是，真的发烧感冒还请了病假。

就在袅袅病假之后上班头天，她足足迟到了两个钟头，还是仓库的阿华载她一起来单位的。据她说来单位的路上迷迷糊糊把摩托车骑错路线了。交警非开她罚单不可。袅袅说："他问我名字、身份证号、电话、地址。我不只把电话、地址给他了，我身高、体重也告诉他了，最后把三围都说了。谁知道他还是坚持给我开单，太过分了。我都病成这样了，不过就是走错线了嘛。"

业务小张就说："这也难怪了，看你就是公害。"

当时仓库的阿华正驾着仓库的货车往来单位的路上。途中见到了极显目的一坨跌坐在马路上的袅袅，以及袅袅停在马路中间的机车，才停车接了她一起回单位。

连着几天一直是阿华接送枭枭上下班，直到枭枭感冒痊愈了许久依旧，大家也就习惯了。倒是枭枭日益冶艳雷人的妆扮，成功的把她推升为新闻焦点，据说已然是办公室灾害了。常见Wendy对着她大声数落，都阻挡不了。

有时午间吃饭时间也会见到阿华。这天是月会，难得大家都在。开会过了吃饭时间很久，也就在大会议室里大家一起吃盒餐。阿华与枭枭可是甜蜜的共食一个饭盒，连Shelley都说："枭枭这越来越雷人了，看来接下来预计是要减肥吧，这么个小饭盒两个人吃。"

只见枭枭仍不避讳的喂食阿华，更甜蜜的示意阿华喂她，阿华初时略显害羞，仍是一向的满脸笑意，一切总顺着枭枭的心意。

很快的枭枭分期付款买了新车。主要是Wendy发现了阿华驾了公司的车接送枭枭。Wendy不仅制止阿华还精算了一笔让阿华赔油钱。虽然为此枭枭很高兴买了新车让阿华开着，并且还让她的恋情更是高调的升温。但是对Wendy，枭枭的难听话可就不时泼洒了，逢有机会更不客气的火上浇油啰。

夏天没来葛薇星就收到齐鲁的辞呈了。虽是早有预期的事，但葛薇星自己也不知为何心理很是不一般的惆怅。也许是几个夏天突破万难一起奋斗的时光；也许是心疼好不容易打下的一片基础；事实上又似乎都不是。

临别大家为齐鲁办了个餐会，看得出齐鲁自己也是万般不舍。市场部的章绮烟红了眼眶，业务助理有几个都哭了，男的、女的，有不少人都闪着分外感人的泪光。

每每人多的时候葛薇星常常会想独处，即便热衷参与在团体活动里她也是时有出离。今晚不明就里的也许感染了大家共同的感伤，她独自往洗手间走，原想去待一会儿算是透透气，都还没到洗手间就发现一堆人挤着七嘴八舌，便径自来到楼梯间。

葛薇星倚靠在楼梯间的墙上，从上一个楼层传来一个她熟悉的女声。她听见郝漾哭着说："说好了的，你不去美国不行。"郝漾几乎是咆哮起来的继续说着："我等你好几年了。你不想结婚！还剩21天你说不想结婚。就为了不去美国。"郝漾哭得很厉害，葛薇星觉得实在不该再听下去，就往下一个楼层走。隐约仍听见"齐鲁，我一定杀了你！"

就连非常忙碌并且一向从不多问别人是非的葛薇星，也知道齐鲁与郝漾一直是吵吵闹闹的。特别是去年订婚之后吵得更凶。有几次郝漾确实非常过分的在AK大吵大闹，其实已经影响齐鲁的工作了。只是眼看齐鲁都要辞职了，并且仍是非常努力的工作，从不请假还照常加班，大家也就特别体恤包容。说来还真不像要结婚或准备出国的样子。葛薇星继续再往下走了一个楼层，不想停也就掉头往上走回，却瞥见纤弱的章绮烟独自蹲在上层楼梯间频频拭泪。

葛薇星庆幸对方并未发现她，她也就轻巧的又转身再往下走，就这样慢慢的一路从九层走到一层。来到屋外走在大马路边。

尚未入夏，夜里还微微送着清新的凉风，仰头看着天空，这好似山上培训那一夜的星空，让她再次想起那一夜的点点滴滴。那一夜她这都不知温习过多少回了，每回她只要得空想起，无论是天寒天暖都是分外甜蜜的。只是今晚不知怎么一点都甜蜜不了。只有很冷很冷的觉得自己从未有的单薄，瑟缩起身子，她渴望有个好理由打电话给他，她多想此刻要是Akiens能教她马上联系他多好。

对葛薇星来说，也不知道是忙碌，还是由于袅袅每日幸福的有人接送无暇作业，因此齐鲁离职之后没有听到什么与他相关的消息。

真正的大消息倒是Shelley亲自告诉葛薇星的:“我要跟Akiens请假，海外那边你得帮我看着。”葛薇星一脸不相信的说:“我不相信你会舍得请假。”

“是！是！是！就是舍不得才请假的。”Shelley接着说:“我怀上孩子了，现在母以子贵，要怎样都行。就是舍不得辞了这个工作才请假的。”

Shelley多年来一直努力着生小孩，这都过了四十，原想是不抱希望了。哪里知道上天送来了大礼，是他们一家期待的小天使。Shelley这是头胎，她公公与她老公又都是独生子一个，这下全家都是紧张加谨慎，万分紧要的注意着。

Shelley虽然对葛薇星是万分放心，仍是仔细的交代海外业务的细节与客户的一些状况。香港那边诸葛先生你必须尽快替我去一趟，SF在挖他，你得把他稳定下来。还特别提醒："先给你有个心理准备，他要是与你握手极可能握着好久都不放。"

葛薇星说："他握着你的手不放啦？"

Shelley哈哈大笑了一阵的说："我又不是你葛薇星，我是谁啊！是我握得他更久，死命用力的握着还甩得他很高兴呢。"

由于SF在香港设立了分公司，大举的攻略香港市场。葛薇星香港之行不仅Akiens同来，她特别提议把Shelley底下沈晗淑等两个较资深的业务带来见习。第一天四个人分两组。有几个沈晗淑熟悉却一直没来香港见过的客户，她就与谢米露一起去拜访。Akiens与葛薇星一组，第一站就是拜访诸葛先生。

诸葛先生约的不是他的写字楼。Akiens与葛薇星早到了半个小时，依着荃湾的地址来到了一个印刷厂，一个陈年的木匾隽刻着隶书"诸葛印艺"。出来接待的老板娘满脸愁容，她是诸葛太太。印刷厂是诸葛老先生留下的家业，一直以来由她帮忙着打理。诸葛先生比较有兴趣经营新兴产业。

此刻印厂正印了一批某知名大学百年校庆要用的形象宣传品。这用纸是校长亲自选定，特别由伦敦进口的纸，老板娘正发愁纸张正反面印反了。这种纸张非常贵，这么大一批的量重印，赔了下来，今年只怕都做白工了。赔钱不说是时间如何都赶不及对方校庆。老板娘说着忍不住眼泪大颗大颗的滚落了。

葛薇星看着那艳红色的请柬，正反面颜色无异，细看主要是纹路大有不同，但其实不说还真分不出来哪边算正面哪一边算反面。她试着安慰这已是连夜没休息赶工赶得慌了的老板娘。问明了状况之后葛薇星主动表示："可以让我跟对方沟通吗？"六神无主的诸葛太太不住点头。

接通了校务长电话。葛薇星简单寒暄后说："我是负责诸葛意印艺的质量总监。我们正在走机器校色，试印你们的宣传品。我们发现内文印在纸张纹路较质朴的那面，把纹路较繁复的当外面更为理想。因此正式印之前需要向您这边做最后确认。"对方校务长说："原本订得不是这样吗？"葛薇星说："您这边真高的艺术品味啊！挑上了这伦敦特别进口的纸，红得不俗又惊艳，两面无色差。就是纹路不同，美就美在颜色与纹路。当时看纸样可能只注意这较繁细的纹路，也许都没注意巧妙运用印刷效果。"对方听了正踌躇犹豫着。

葛薇星催了说："机器开动了，等不得。您是不是做个决定呢。"

对方说："这是校长选的。我问问一会儿答复你吧！"

有好一会儿！诸葛夫人真是感激又是煎熬的等着，还不住对葛薇星道谢。大家认真一心期待的电话响起了，葛薇星从诸葛太太手中接过湿得布满了诸葛太太手心汗的话筒。校务长说了："你确定这样效果更理想？"

葛薇星说:“就设计原理来说，将文字印在纹路质朴这面让内容成为主体，把较繁复的纹路翻在外面，外面没有复杂的内容，让色彩与纹路成为焦点绝对正确。当然有时理论不见得现实更为实际，特别印刷工艺是如此。我们走机试印时发现效果实在是太棒了，特别通知您，下印前让您做个决定。并跟您打个招呼商量商量让我们留些许数量当样品。”

电话另一头校务长说:“那好吧！就麻烦你们了，要赶快不能晚了，能提早交就更好了。”

透过电话的扩音器诸葛太太听到这儿。整个人跌坐下来，眼泪挡不了了就再没半点客气的哗啦哗啦流下来了。

葛薇星自己也松了口气，她评估诚实向客户坦承错误，诸葛太太自己就能亲自登门到对方那儿处理了。这样的结果对方可能要求赔偿或重印。好些也许碍于重印时间来不及，勉强收了这批印刷品，可能不付款；可能扣款或很幸运的账款没甚么折损，但是诸葛印艺商誉的折损只怕是无可挽回。这批印刷品无论印得多好或有多美，客户心里先入为主的观念，都是一批印错了的瑕疵品。

葛薇星大胆以同理心，也就是站在对方立场凡事求好的心态游说对方，万一对方坚持原案，那最多问题回到了原点。

这时不知情的诸葛先生正春风八面的走进来。还没注意到Akiens，倒先看见站在诸葛太太身边的葛薇星。他带着香港口音的普通话是葛薇星熟悉的，可以充分感受到他的热情。他说："唉呀！这一定是Grace对吧，真的是美女啊！Shelley说的一点都不错呢！说着就伸出右手了。"

葛薇星想起Shelley说的话，正愣着有一会儿，她才要伸出手就见一只极为厚实的大手，上前交叠的完全掌握住诸葛先生的手。

葛薇星还是头一次这么近，得以细看Akiens的手。他的手指颇长，指尖方圆浑厚，指甲修整的服贴干净。厚实的手掌从中横着一线断掌纹，一看直觉就是有权势的手，全不衬他并不算高大的中等身材。葛薇星忙帮着介绍Akiens是AK的老板，这次特别来访，这还是到了香港的第一站等等。诸葛太太也把彻夜加班的印品出错与葛薇星如何巧妙解决的事说了。

在香港的第二天与第三天，葛薇星巧妙的分别带了沈晗淑与谢米露，这样安排主要是想个别培训她们，也让她们有机会单独与老板一起工作，既能向老板学习也能在老板面前表现。

沈晗淑与Akiens去了成老板那儿。沈晗淑通过电话与成老板是熟悉的，见面倒是首次。寒暄一番之后成老板问起了Shelley，Shelley自然自己早通报过了。又问起了Grace："好久没见那姑娘啦，听说很能干是吗？怎么没来呢。"

沈晗淑说："Grace今天有别的事。"

成老板马上抗议了:“她来香港啦！来了香港也不来我这儿，真是不够意思啦。”

沈晗淑这才想起葛薇星似乎说过，先不提她也来香港了。葛薇星时间允许就去拜访成先生，时间不够就作罢。沈晗淑赶忙说:“没有啦！她是很想来的。”

成先生拿起手机就拨电话给葛薇星了。Akiens忙说:“成老板！晚上我请你吃饭。Grace出来的晚，今天一定赶上晚饭。”

成老板电话接通了他说:“Grace！你不够意思。来香港没来我这儿。升官了是吗？”

葛薇星说:“不是。我带了新人是个大美人，晚一点就到了，一起去帮你卖东西。”

成老板老狐狸一个，可不好哄，他说:“唉！太不够意思了。”

葛薇星说:“我老板在您那儿吧。您看这是最大诚意了，他让我带新人，我晚点带个美女来，就怕一天AK来了两帮人你嫌烦呢。”

成老板这看了Akiens才说:“好！好！欢迎欢迎。多来几个好。晚上请你们一起吃饭吧。”

成老板向沈晗淑要产品目录。沈晗淑取出了预先准备好了的成套的好大一落的产品目录递给成老板。

成老板也没看就说:“你直接拿最新版有全产品明细的给我就行了。”

沈晗淑准备了非常齐全的新品与主推产品的目录，却并未特别准备全产品目录。翻找了好一会。她娇嗔的说：“成老板。”沈晗淑这一声特别亲切的叫着颇得Shelley真传。她接着再说：“先向您介绍几个特别好卖的，全产品目录晚上给您补上好吗。”

就这样沈晗淑与Akiens既无成果又约了晚上，Akienr心急后面的行程没待太久，喝了茶就告辞了。

走出成老板那儿沈晗淑频频向Akiens道歉，频频自我检讨。沈晗淑说：“对不起。您别生气。是我一时疏忽了。很抱歉！您不值得为这个事不开心。一切都可以圆满解决的。”她见Akiens什么都没说，又咧嘴笑对着Akiens继续说着：“生气不好，您放心啦！晚上我会把订单顺利取得，我会努力把跟成老板的关系经营好的，对不起啦！”

沈晗淑这一路没停过的陪着笑脸，从道歉几乎说成了安抚。向来话少的Akiens倒仍是啥也没说，没制止她也没嫌她烦，兴许是没在听她也有可能。Akiens除了赶着既定的行程，他还另外赶着去看了SF在香港新设与并入的几个门市，时间紧张得午饭也忘了。

随着AK这几年的发展，Akiens的时间越来越有限。不难看出，他是打算既来了一趟香港，且难得的停留了三天，便趁机好好深入一番。因此日间拜访了客户、考察了市场，晚间还找了葛薇星开会。

葛薇星建议让沈晗淑与谢米露参与晚间的开会。葛薇星认为养兵千日用于一时，AK的发展肯定用人恐急。葛薇星深深感受到市场有很多机会涌出，她建议Akiens 与人事最好有较积极的人力资源规划。

虽是帮Shelley的忙，葛薇星可是半点没马虎。离开了海外业务都五六年了，她刚好趁此机会再好好学习与梳理，她自己在Shelley既定的业务目标下也为自己加订了明确的目标。包含了人才养成；新增客户尤其是美国市场的开发；旧客户个别的经营绩效等，这样难得的机会她一定要好好把握。

她总觉得自己机运真好，总是在合适的时机有这样好极的机会给自己历练。由于这样的热诚让她对工作开心忘情的投入，收获确实是不足为外人道。好几次忙到深夜她都不觉得疲累，反深感踏实丰富与满足。她想：大家都说小杜是工作狂，想必也是来自工作投入的学习与发挥，那种充实与成就感支持着他，停不住像吸水海棉似的非把水吸完为止。

葛薇星接国内业务之后，有几年没到汉诺威的展览了，这回协助海外业务不仅让她重回参展；AK史无前例的来了海外业务与市场部大部分的人，就连门市这边除了景观也来了两个采购。主要就是葛薇星力主，这样的投入是绝对有价值的培训与历练。

没几天的展览，时间是非常紧张的。最后一天极为难得的Akiens领着大家一起参观。午饭前一群人轮流等着上洗手间。AK男男女女不少人分两边排队等着。男士这边，大家有默契的推不急，自然是礼让Akiens。

Akiens才一进洗手间，老远的大家就听见他的惊呼，紧接着是一个妇人的尖叫，在大家都还没能反应过来，就见一个与Akiens一般高大比他更两倍以上壮硕许多的妇人，手里拿着一只厕所专用的吸盘指着跑在前方的Akiens追着Akiens出来。小杜与景观忙迎上前去。

妇人一面追着Akiens，嘴里还没停鸡哩瓜拉的说着估计是德文，意思是：“抱歉！抱歉！先生您回来吧！您没走错！这的确是男厕，我是清洁人员，正在打扫，实在抱歉造成你的误会与不便。”一旁有懂德文的热心人士用英文翻译着。弄明白之后，Akiens也没再上洗手间了。

所有人煞时噤若寒蝉，全都不上洗手间。除了Akiens的疲惫与紧张来到最沸点，其他人连日来的紧张与疲劳反是一扫而空。

虽不在现场，袅袅总是能实况转播似的播了很长一段时间。AK上上下下没有人不知道的，还调侃景观与小杜没陪老板上洗手间。

年终餐会前袅袅一连三天没来上班，仓库阿华可缺勤更多天，足足有一周没出勤。Wendy很快依公司规定处理了。状况不算太复杂，阿华被开除了，袅袅第四天一早就极其罕见，戏剧化一般寂静的坐在前台。

袅袅的信用卡刷爆了，已好久没缴钱，银行都连着两天来单位了。据她说有很大部分是阿华消费的，说好阿华会帮她负担。哪知催急了就找不着阿华了。这是来自Wendy的说法，Wendy说袅袅的父母协助她解决了财务的问题，这才让她得以安心回来上班。

袅袅虽然寂静了有几天，但却忙碌起主动帮大家倒水送食的。特别是小杜，光从前台传出的才子新闻与扩大小杜创意的宣传，都不一般的频繁与绩优。任谁都看得见，小杜只怕成了袅袅新的工作任务与努力目标。

年终餐会成了葛薇星例行的期待。葛薇星随时注意着主桌，直到很晚了这届的主持，财务部贵瓔与门市的宋迦请Akiens上台说话，葛薇星一颗心空了般的失落。她仍是戴着她心中在这个工作场合应有的完美笑容与热情，进行一切她心中的标准工作。

倒是袅袅极其难得几乎是首见的，才开餐不久就特别来向小杜敬酒。袅袅说："小杜，你对Grace死心吧！"

一直策划当晚节目已好几天没睡的小杜也微醺的对她说："我有喜欢的人了。你可千万别对我好。肉包子打狗啊！更加徒增伤心。"

袅袅睁着她的大眼睛深情关切的说："不就是Grace嘛！她有那个S.T了。"

小杜满身酒气的说："我现在转性，改成喜欢男人了，你别烦我。"

袅袅嗔着说："你太过分了吧。现在喜欢男人，你宁愿喜欢男人。"

小杜说："别歧视同性恋。怎么说可也是很潮的啊！"说完嘻嘻哈哈的笑着，往葛薇星那儿走去了，他告诉葛薇星章绮烟想走了。

葛薇星找了章绮烟来到屋外。在屋外才发现也不知是屋里的气氛热，还是天气已经认真冷起来了，较葛薇星更是瘦弱的章绮烟不住打哆索。

她们在屋外还是稍稍谈了有些时间。章绮烟是葛薇星面试进来并一路带上来的，年纪与葛薇星差不了几岁。不仅葛薇星喜欢她疼她，她对葛薇星也有敬重与其他多重交情。事实上章绮烟对这份工作也是充满激情的，但是家人希望她休息。一方面是工作量大；另一方面加班、出差太多了。

章绮烟红了双眼说，要再跟家人商量商量。

与章绮烟谈过了，葛薇星自己还留屋外。屋内繁华似锦的年华热闹的岁月因他没出现就不真实了。不仅是这凉冷的空气更让她心里喜欢，她总是不经意的就想出离人群。这冷冷的黑夜不黑，既有悠悠星月更多灯火辉煌，远远地她看见一个身影，相仿的眼镜，相似的衣着典型，她瞬间高兴的生出了希望，技巧的走上前去，不是他。

近来她常在人群里发现像他的人，每次都高兴的生起希望，特意装成不经意的走近。虽然终究不是，但渐渐已成了她的习惯。几次之后仍一直是每次都高兴的生出希望，却不会感到失望与失落。

只是一会儿的希望与高兴，这也就让葛薇星带着轻松不少的心情，往一屋子AK伙伴的酒店里走。来到大门跟进圆形的玻璃旋转门，旋转门里隔着透明玻璃的另一边，一张她熟悉的脸，正贴着玻璃面对着她灿烂的笑着。

对方先出了旋转门，等她也步出旋转门，对方先说了："最近都好吗？"

葛薇星微笑的答说："一切很好。谢谢！"其实满怀都要藏不住的喜悦。

对方又说："对不起！来晚了。我时间紧张。我想总要来看看你。待一会儿就必须走了。"

葛薇星就这样陪着扬升一路走到主桌跟Akiens打招呼。扬升自己动手在一旁拉来一张椅子，就让葛薇星坐他旁边。为了能坐他旁边，葛薇星一点都不想客气地落坐在主桌扬升的旁边，一向低调的风格也全免了。

果然如扬升所说，坐不了半个小时扬升起身告辞了，葛薇星送他到了旋转门。他说："进去了吧！外头冷别出来了。"

葛薇星说："送你到停车场。"

扬升说："丫头乖，听话，外边冷，你进去了。"

葛薇星说："让我陪您走走，就到停车场。"

扬升说："不行！入夜了，外边更冷了。再说难不成到了停车场我又送你进来啊。乖，进去了。我看你进去才走。晚上回家进了屋里让我知道啊！"

一如以往葛薇星听话地往酒店里AK所属的场地走，扬升直到见不着她了才走入旋转门。葛薇星这又折回追出旋转门四处张望着，只是许多的人来人往与酒店前交车取车的人里，都没见一个是他。

“丫头冷啊！你怎么又出来了呢！”听着这一句，葛薇星多么的高兴与感动。

扬升正等着服务员去帮他取车。他又陪着葛薇星进旋转门就怕她冷。他的车来了，他仍坚持要见葛薇星走了，他才出来驾车离去。

这真是美好的夜晚，葛薇星今晚抽中的是最大的奖项。

长期在位的中高阶主管，很多是在同一个单位上长期磨炼与历练上来的。
初期表现优异，被挖角跳来跳去的也许一时工资涨的快，最终却未必能浮上决策高层。
舞台下站久了，舞台早晚是你的。

08

喜新厌旧，Nicle的蜜月期

汉诺威展览结束之后没几个月也就在春节前，葛薇星与Akiens去了美国。正式宣告了AK新的里程碑，一如葛薇星的目标打开了美国市场，新增了两个新客户，其中一个是香港诸葛先生的贸易伙伴。

这美国市场一开，Akiens与葛薇星陆续展开了密集的新、马、泰行程。

香港就在沈晗淑积极争取下，由Akiens带着她跑了几次。一方面是积极培训沈晗淑，一方面Akiens持续关注着SF香港的门市。董事Andy只要时间允许，也常与Akiens、葛薇星同行出差。Akiens也乐于偶有人帮忙分摊着喝酒，紧凑的行程出差在异域他乡，陌生城市里的夜晚能有个朋友，又是熟识二十几年交情的老朋友，彼此的状况都无所不知，总能放松的无所不谈，渐渐成了Akiens出差的习惯。

这年Akiens与葛薇星两个去了两趟美国。星、马跑了两趟Andy都同行。泰国曼谷倒是去了三趟，有两趟Andy也赶上了。就在夏天最热的时候他们三个去了曼谷，那是MS招待全球绩优经销商的大会，每年都会盛大举办，葛薇星还没参加过。

AK与所有具资格的单位一样只有两个免费名额，当Andy表明与Akiens同往时，葛薇星毫不同于以往的低调与节俭，她几乎势在必得的争取自费前往。自然没人关注葛薇星的想法，主因是今年非常特别的不同于以往，据传世界首富的MS老板将亲自出席介绍即将发表的新产品。

AK在购入HU门市的同时承接了MS国内总代理的合约，才具备受邀的资格。与会者全入住了曼谷最顶级的酒店，同往年一样食宿都是MS免费招待。

走出曼谷机场天气虽然艳热如故，但是相较过去有业绩任务的出差是轻松愉快的，至少对葛薇星与Akiens是如此的。坐上出租车就是一路停多走少，塞车也是让曼谷闻名世界的一项，葛薇星还一度担心没能从容的赶上当晚的开幕酒会。

出租车上，司机一路用着不知该算是什么腔，还极难听得分明的英文说着："FUCKING SFOW FUCKING SFOW TEN DOLLER ONELY TEN DOLLER。"葛薇星一直到下车都没听懂，她看车上Akiens与Andy也没作声。司机倒是发了名片给后座的Akiens与Andy。就这样，原该一个小时不到的车程，足足走超过了两个钟头，他们一行总算入住了酒店。

酒店的代表，详尽的介绍了酒店六个餐厅，包含皇室泰国料理、鳍日本料理、西游记中国菜馆、香堤西餐厅、法国料理、还有意大利餐厅，并说明了两处泳池分别是在顶楼的露天泳池与六层的室内泳池与各项健身设施。还特别介绍了酒店著名的SPA疗程。

代表MS的接待向AK一行说明，随时在酒店内任何餐厅的一切消费签上房号，都由MS买单。另外还发了两张邀请卡之类的，一张是使用SPA疗程用的。另一张是用于第二日发表会之后第三日出游的行程。包含有交通、门票、饮食等。这实在是极俱诚意与非常豪华贴心细致的招待。不亏是全球首富，也可想他是怎样促使大家赚走更多大家钞票的。

当晚开幕酒会就在顶楼露天泳池畔，除了BBQ，酒单、菜谱递上，由宾客选自己喜欢的酒水，指定自己喜欢的食材与烹煮方式。葛薇星在酒会上认识了不少商场上重量级的人物，这是她原先没料想到的。在她职场生涯的握手期，这应该要算丰收的一天，也许更是拉开高潮的序幕。她庆幸自己来对了并且还准备了合宜的着装。

露天泳池左侧有一个小型弦乐团，大、中、小提琴都齐了。负责开始与结束。右边这边的黑人女歌手唱了一整晚的中场。

握手握得差不多了，现场气氛显然也来到高潮，葛薇星悄悄走到角落边，看着Andy领着Akiens到处与人聊天。葛薇星想，这正是Andy最大的好处，不仅解决了Akiens的腼腆寡言，也顶下了葛薇星自认为必须替老板做的工作。

葛薇星在角落就这么看着Akiens与Andy，看着看着就仔细地搜寻着，戴着眼镜她熟知的着装风格与身形。她发现了她熟悉的身型但着装不同，是的，今晚的与会者男男女女都正式着装了，他不会如往常那样的风格出现在这儿。葛薇星抱着兴奋的心情往他走近，颇为体面好看的一个人，却不是她心理想的那个人。极小的失望很短的一会儿，葛薇星早习惯了。

大约十点多，不少人还正喝得开怀。餐会的提供单位就是任宾客尽兴没有时间与经费等限制的姿态。Andy与Akiens倒是招呼葛薇星他们想回房间休息了，葛薇星正乐得如此，她也想回房可以想想他，想想原先还期待可以意外的遇见他。现在也好，可以提早把明天发表会的数据研究一下，顺便依例每晚总要联络一下小杜、景观、钟嘉浚、沈晗淑、Shelley这帮伙伴，关注一下各项业务状况。

每次出差葛薇星都利用飞机上的时间做研究与准备。久了，Akiens和Andy都很放心，也习惯葛薇星会将任何业务或会议资料整理、摘要、标注或注记得非常清楚与详尽。尤其Andy到后期根本就是陪公子读书，志在交际与娱乐安排。

躺在这酒店特别介绍的席梦思床垫上，枕着特别介绍的羽绒枕与拥着轻盈的羽绒被，那种好似被托起受到完全包覆的温馨与舒适，真的是让人很舒适放松与备受抚慰。这个酒店的食宿真是品质不凡，这是葛薇星生平以来最奢华舒适的经验了。她反复看了几则他过往发给她的短信，很快也就带着笑意甜蜜入睡了。

葛薇星醒来时，她觉得似乎还没睡够，只是电话响着，拿起手机一看三点半。来电显示Andy。半夜的电话葛薇星赶紧接起，听得出Andy所在是一个吵杂的环境，他什么话都没说。电话断了又响，葛薇星接起，他仍是没说话，葛薇星仔细的听电话里那个环境的声音，她直觉出事了。她马上拨了Akiens的电话，响了好久都没有接起她开始有些紧张，Akiens终于说话了："喂！"

葛薇星急着说："Andy刚刚打电话给我。"Akiens似乎喝多了听声音似乎才睡熟不久。

Akiens说："是啊！他刚刚也打给我，还不说话。后来再打，我睡熟就没起来接了。"

葛薇星说："出事了，Andy出事了。"葛薇星听Akiens这么说她更确认她的判断。

这时Akiens似乎瞬间清醒了，他约了葛薇星在大堂。挂了Akiens的电话，葛薇星的电话马上又响起Andy的来电，这次Andy说话了："你去让Akiens带钱来找我，出发前先打电话，他知道我在那儿。"没等葛薇星说话Andy就把电话挂了。

葛薇星在大堂等了一会儿，比她想像的更久。Akiens满脸倦容的出现了，果然是喝多了，这样的倦容葛薇星有些惊讶，确实少见，正确的说是首见。

Akiens说："你说得对！他可能出事了。"

葛薇星把Andy说的转述给Akiens。两人商量多半应是金钱可以解决，雇酒店的车较安全可靠，同时能说英文与泰文也好有个照应，葛薇星与Akiens同往，由两人分别带部分现金。Akiens进去处理，葛薇星在车上等着接应，如有状况葛薇星报警。

出发前Akiens打了电话给Andy，电话接通Andy没跟Akiens说话，只听他用英文说："我朋友没这么多钱，他把钱带来了就只有用剩的五百块美金，他只能刷卡。"

葛薇星心想：刷卡倒是好方法，能立即止付又能掌握对方线索。听到这儿放心多了。

Akiens说："Grace，你不用去了，多半有钱就解决了。"

Akiens取出一张名片交给葛薇星，接着说："如果接到我不说任何话的电话你就报警吧。我现在出发，深夜应不会塞车了，我大约二十分钟会到，进去前会先告诉你。"Akiens似乎熟知地理位置的说着。

Akiens租了酒店的车，配了能说英文的司机出发之后，葛薇星回到自己房里取出Akiens交给她的名片，这似乎是日间出租车司机交给他们俩的名片。葛薇星瞬间明白了那听不理解的英文说的是什么了，当下恍然大悟，大约是出了什么状况，也不再多想。只是模拟稍后的各种可能，以及如何以最快速度能请酒店经理协助报警。又取出地图仔细的找出名片上所印的地址，接着取出负责接待他们的Sky Wang的名片，细看了联络方式，当然这是非到万不得已不轻易用的，这终究攸关AK与Andy的颜面。

葛薇星的电话这时响了，Akiens说："我现在下车走上去。"

依照名片上印的这个coffee shop原来是个表演fucking show的掩护，看来似乎是位于一个住宅区公寓的四楼。

葛薇星原想对Akiens说，是否转成视讯电话别挂，转念又想也许该留一些隐私的余地，再说进了里面也仍是得挂断，意义不大便作罢。只说："一切小心，平安顺利。"

大约一个小时之后葛薇星收到Akiens的短信："没事了。"之后过了大约半个小时，葛薇星打了电话给Akiens，主要是确认他们是否平安回到酒店。

第三天的行程葛薇星并未参加，第四天早饭时听来Akiens与Andy他们对行程的安排是非常满意的。就这样吃过早饭他们前往机场了。

Akiens把葛薇星召进他的办公室，表明升她当副总，让葛薇星负责协助公司的发展战略与一切运营的规划与执行。几乎是同时，她收到短信得知Shelley生了个白白胖胖的儿子。

走出Akiens的屋子，葛薇星才想起，自己并未向Akiens道谢，是否表现得太过冷静了。葛薇星就这样直接去了化妆室，进了最角落的洗手间，打了电话给父母亲。她终究是难掩欣喜但仍是低声的向父母报告自己升职的喜讯。她知道母亲会很高兴并且问她加了多少的工资；父亲会很骄傲，最主要父亲会感到安慰与鼓励。

葛薇星知道她的父亲自认为是聪明又才干的，他唯一的女儿受肯定，对葛薇星的父亲来说，特别是生意挫败之后的这十多年，更是有着特别一层的意义。

把马桶盖覆下之后铺满了纸，葛薇星就坐在马桶盖上。回想入职的第一天，在会议室足足站了一整个的上午，等着自我介绍。第一次卖产品，替Shelley处理了香港成先生的订单；筹备海外展览偶然认识了扬升，扬升教她如何办展，不光是弄个美美的展台摆摆产品，要趁机展示给潜客户，把参展的实质效益掌握出来。她于是努力地搜出十几个潜力客户，还是扬升帮她介绍了GE与OP，这启蒙了她对工作方法的理解，燃起她对工作的兴趣与热情。

回想当初见Shelley那样豪气的喝酒，自己就算卖命也及不上她的一半，实在没这喝酒的本事，只好努力充实自己的业务技能与谈判、沟通的技巧；为了努力赶上扬升的专业，即使经济最为拮据的时候仍去读了MAST，要求自己学着扬升看完每期的经管专业期刊。没想过专业期刊扩及不同的产业信息与经营管理的实务，自然的看到了不同时期的主流管理理论与成功企业的经营管理实例探讨，十年才够个阶段看得出起落、兴衰、绝地反攻、东山再起，也见到了王子复仇，还看到了科技文明对生活的影响，所及造就的经济发展所致的主流产业移动。葛薇星的实力原是这样长期给累积下来了。

扬升还让她看杂志一定要关注广告，广告量的多寡与产业的分布与投放周期，这是市场的方向球。葛薇星才这深深体会罗马是怎样因缘际会造成的，没有真正一步一脚印，看不见结构得不了风光，不会是真正的角色。

没勇气学Shelley娇嗔着说话，衡量自己怎么也学不像。只好设法扮靓约Akiens吃饭，争取市场部经理。一路走来，快有十年，十年了。原来就是这样快的就十年了，自己老是忘了时光忘了年岁，说不定也就是这样，别人才老是把自己看得比实际年龄小。转眼时光像被偷走了似的，自己真像母亲说的“剩女”，真是名符其实的剩女。

葛薇星到医院探Shelley时，都产后一周了。主要是探望Shelley的人太多了。葛薇星也为升职之后的工作与人事调度，同Akiens花了不少时间开会。

Shelley病房里很难得没别人，她是和葛薇星约好之后特意把其他人排开的。葛微星看着这得意的母亲与白胖的小子也感染了喜悦与喜气，不仅她深感温馨感动，也替Shelley高兴。葛薇星小心翼翼地托着那软软小小温暖的东西，让她惶恐失措，阵阵的婴儿香诱得她是满脸笑意又满眼湿热。

Shelley让她坐在她床上，两人一起看着小胖小子，一起都红着眼眶。Shelley让她老公帮她取来了一个醒目的黑色精致纸袋，并让老公把胖小子端出去。Shelley把这个印着白色大LOGO的纸袋递给葛薇星并说：“恭喜你，祝贺你，这是你应得的。”

葛薇星太诧异了。不仅是人事异动尚未公开，当然也许Akiens来探Shelley时说了，更主要是这么贵重的礼物。葛薇星当下真不知该说什么，也不知当收不当收，实在是这个礼物太贵了，香奈儿大纸袋里面装的，那肯定是超过整个月的工资了。

Shelley见状就对葛薇星这样说：“除了谢你海外业务帮我有

很大突破，最主要是Akiens几天前来了告诉我你升职了。你总要有个象样的行头。我知道你节俭，我也知道你觉得这香奈儿贵。趁我老公不在我偷偷告诉你，我发财了。我生了个胖儿子真带财，婆婆私下给了我一个超级大红包，这可是私人财产，够我好几年的工资呢。我现在买这个包不算什么！"

Shelley接着说："你别太感动了。你知道的，你也不能不收。再说你合用的。"

葛薇星再也忍不住原本在眼眶打滚的泪珠拥着Shelley说："Shelley姐，谢谢！谢谢！"

Shelley拍着她的背说："你还是想着那个戴眼镜的啊？到底有没有进展？那是谁啊！对方到底意思怎样？"葛薇星倚在Shelley的肩上只是不住摇头。

"你真是傻的！没像半点工作的精明与积极。"Shelley接着说，"拿出办法突破啊！好坏总有个结果。不是你的缘分，以你的条件还怕没更好的。其实小杜长得也许你看不上，但肯定是有责任有情调的男人，你们工作上也搭配挺好的。"

葛薇星重新坐好，趁着整理仪容也整理了一下情绪。她跟Shelley商量工作："Shelley姐！我有个想法你参考参考。"葛薇星接着说，"我想让你总管业务部，把国内与海外业务收在一起，分两组都让你管理。国内把钟嘉浚提上来协助你，国外你自己兼着再慢慢培养，或是你看怎么安排。这样既可以发挥你的专长也可以减少出国，多些时间给儿子。景观那边直接分出去成立门市事业部，不再放在业务部了。"

Shelley高兴地抱着葛薇星亲了又亲。“谢谢！你这是帮我升职了。”Shelley说完接着说，“先说！我可事先不知道的。可不是买包贿赂你的。”

“我知道！你别多想。这事，我是早上来之前跟Akiens报告的，但没跟你商量前我也不敢谈死了，所以没最终定下呢。”葛薇星说。

“我这儿子真是兴旺父母。你知道吗，我婆婆私下给我奖励说是给我的私房钱，还把房子过户给我们，说是年纪大了陆续该有规划。现在不只我升职了，我老公最近也可能升职呢！不过我升职最该感谢的是你。”Shelley接着说，“工资与期权你可别跟Akiens客气。AK这几年你可不仅是战将福星的汗马功劳啊。”

葛薇星说:“嗯！我会好好争取。不过说真的我很感恩的，其实我收获真的很大，不是金钱可以买的与衡量的。我一个没有经验的新人，多亏Akiens信任我也放手给这么多的机会让我磨炼。”葛薇星接着高兴的说，“要谢谢你！你是我的贵人。说真的！我很幸运，贵人不断。Akiens也是我的贵人；扬总也是我的大贵人，是他启蒙了我的，我真的向他学习很多；香港的诸葛先生也是，这次美国市场是他帮我的。不知道简筱域现在在做什么呢，说不定他也算。当然这些年也多亏有小杜，他真的很厉害很有才干。”

“好了吧！你再说不会连前台也说进来了吧。那我们的价值全没了。”Shelley说。

“是！就差不多这些。”葛薇星说。

Shelley接着说：“你真够傻的！Akiens是最大的既得利益者。他一切都是站在他的立场评估与决策，如果有更好的人选或他认为更好的机会，你这人跟他的考虑就没半点关系了；小杜啊！你才是他的贵人。你不只是他的伯乐，还是你给他机会，他是为他自己努力不是为你，当然为你也有，最主要还是为他自己。我，事实上也先考虑自己的，你两下子拿下香港成先生的订单可不容易，还让他多下了快一倍的量，我再笨也要挖你过来啊。扬总我就不知道了。也许是看你聪明或是你勤奋。”

Shelley接着开玩笑的说了：“嘿！还是他想挖你过去。说不定是看你漂亮呢。”

“那个S.T是谁啊？”Shelley满脸笑意的问。

葛薇星问Shelley：“你预计休到什么时候呢？”

“说真的我想要多休一点时间。再来要长期好好大战了嘛！这是人生的新局面。我可也是有事业心的。”Shelley说。

葛薇星对公司的组织规划有着相当大的调整，Akiens让她在董事会上做说明。当天作了Power Point在会议室外等着向董事会成员说明的葛薇星，就听见监察人，就是那个蓄了小胡子着装造型一向时尚的男子的声音，她认得他的声音的，就是那个声音让她兴起争取市场部经理那个职位的。他说：“就刚刚那个啊！怎找了个大学生似的小女生来当副总。

还让她协助公司未来发展的战略规划？”

葛薇星接着听见Andy说：“你以貌取人了。人家可是有脸蛋有脑子的，还有胆识呢。不过说真的，Akiens！她还真是像个大学生，是不是穿得太素了。”

那个蓄了小胡子的监察人接着说：“嘿！Akiens你也太小气了吧！既然人家有本事，又帮我们赚钱，你也该给点置装费吧！”Andy接着说：“说的也是，可能是穿着打扮吧！”最后葛薇星听见监察人说：“怎么说也是AK的门面嘛。”

葛薇星的布局考虑是这样的：“门市值得发展，长期营收不见得亚于现在AK的规模。独立出来以一个事业单位为目标积极来发展，也正好藉此鼓励景观让他能有更多的发挥与投入。”

发展至今的AK，把国内国外业务整合不仅降低业务管理成本，也有效整合业务资源。拔擢Shelley势在必要，同时绝对也是最佳的战略配置。首先Shelley到AK都有十二年了该有升迁，其次她的能力与经验应该可以有更好更充分的运用与发挥，这样的布局能完全掌握她的向心力，也让她职场生涯的发展可以与单位更紧密的结合。

顺道让钟嘉浚由副手转升为正，也大约是同样的考虑。钟嘉浚底下也让有潜力的新人，浮上来当钟嘉浚的副手。最后的算是边际效益，但是葛薇星没说，这样升迁的就不止她葛薇星一个，不仅不会有负面的反映，同时她也更好的用人与发挥。

另外她建议Akiens产品线多元性是必要的。市场一旦走入成熟期，多元小众只怕是必然的市场趋势。加速培养产品开发人员是必要的，她没说AK要发展光靠Akiens产品线太单薄、同质性太高。并且Akiens的时间越来越少，在有限的时间与年龄上的创造力都该让新一代的人才来相辅相成。Akiens的价值更在于丰富的经验加持实践年轻的创意。在人才养成期间大量培植小工作室，兼采OEM的方式丰富产品线，降低开发成本，加上AK自有门市是最好的销售后盾与谈判产品条件的竞争优势。

董事会的成员对这个小女生印象深刻，不仅是声音甜美，更多是风度、气质与专业，面对他们的提问与质疑，葛薇星提供了超乎他们所期待的说明与解答。对AK未来发展的规划，那更是一张让人热血沸腾充满希望的蓝图。

葛薇星做完报告走出了会议室就听见其中一个董事酸溜溜的说："AK这样的小公司怎么也有样的人才啊！是哪里找来的呢。怎么我们WA没有。这要是我们WA也有这样的人，可就非同小可。"

他对Andy说："嘿！她不知道可不可以过来。"Andy睁大了眼看他。他可能察觉言语不妥，接着说："我是说借过来我们这边一阵子。"接着他又问Akiens，"还是她有没有兄弟姐妹啊！"他自己解释说明："一般资质好，相同父母嘛！品种大致差不多又是相同的教养，应该也不会差太多。"

这位董事也是Akiens留美期间相识的。他是WA集团的小开，主要都是Andy与他往来密切。对投资AK原也是一副看着Andy的情面友情赞助，全没放在眼里，一直以来从不参加什么董事会的，都说忙，事实上也确实忙。没料到这几年AK不仅赚钱还在业界有相当影响力，特别相较WA的传统产业，AK还发展成了主流产业，这个投资，意外让他在他的父亲与几个兄弟间的家族企业里颇为风光。尤其Akiens这几年以来频繁密集大量的在各大媒体出现，不仅知名度大增，风采可半点不让他这个知名大集团的小开了。

葛薇星虽对自己的表现满意。却不知道这是一个开端，一个另一个阶段的起点。也许不只是她不知道也没其他人知道吧。历史总在成为历史之后才能看得分明，正值当下的人物角色虽演绎着当下，明明也只有当下，过去回不了，未来还没到。就是最没能看明白当下。历史就是历史，鉴往知来，果然有过往与未来，独缺当下。当下无明。

当天下班时间到了，葛薇星没耽误太久就离开单位了。她毫不手软的刷卡买了一副真的钻石耳环和一副珍珠项链。她头一次发现珍珠项链还挺衬她的气质。她知道自己一向西服西裤的标准工作服，确实缺了像样的饰品。Shelley真是有心，香奈儿的包包这下真是派上用场。

葛薇星其实也很明白。时尚与名品无非是这个工业要生存的商业化手段。把非必要的消费品，包装成能被认同是必须的所谓时尚名品。设法酿成精英分子或财富圈子的入场依据已是最为顶峰模式，要再有突破也只能发展成生活态度了，当然也能包装成文化或是态度，但这对高价品牌已是边际效益了。

事实上，行头即所谓名品的价值，时尚的嗅觉或所说的品味，就像入场卷的价格那样。决定你的位子，没入场卷是无法进场的。除非够实力的那得是场子的主人。

Wendy在接获Akiens通知的最新人事调度时是非常不高兴的。她说："Akiens，我觉得这样的做法我很不受尊重，并且也极其不专业。"

Akiens盯着她一语不发。Wendy继续说："请你排出时间给我，我需要了解你的整个布局的想法，以及公司下一步与未来的发展计划，我才好调整规划。还有我确实需要再加两个人，我准备了一份简报，说明我们单位加人的必要，希望你这两天给我确定。"

Wendy一直以来都觉得AK太欠缺专业了。尤其是Akiens非常不懂尊重专业。她认为Akiens以为人事就是做做招聘、考核、发工资、办办旅游活动与培训。她费了好大工夫做的S.O.P，大大一叠搬起来都嫌吃力，他连看都不看。

人力不足的情况下，她仍一直加班规划的K.P.I，送了都有多久了？催了几次也没回应，她实在是人力不足也就没再催得太紧。这几年她在企业文化的进展有限，她觉得除了人力不足，主要也是Akiens始终没给一个文化的具体思维，靠她自己旁敲侧击，参考着市场部的包装模拟着总做不踏实。

这波的人事布局与人事调度确实存在这样的问题。在葛薇星与Akiens讨论的过程都没有人事的参与。当时葛薇星也想到了，但犹豫了一下。她自己分析可能自己心里觉得那是Akiens的事不是她的事，或者自己心里深处觉得只跟Akiens沟通快速容易些，毕竟Akiens更深入了解局面。

这显然整个公司的运营不仅与人事的沟通太少，互动不足，Akiens与整个高管可能都存在这样的问题了，或是Akiens没有组织起幕僚。总之事后，葛薇星也觉得至少作业的过程是不太妥当。虽然Wendy并不知道这个人事布局是她提给Akiens的。她也意识到作为Akiens的副总，负责发展战略规划与运营的执行，改进这个状况也将是她很重要的工作之一了。

这是Akiens过去的工作模式，人事工作就是他下达指令誉芳去执行，或说葛薇星来之前，公司大大小小的事，一直都是如此的运作模式。Akiens是借鉴了葛薇星的培训计划，深深感受到有必要用专业人士。但是，究竟人事能做什么，他如果是清楚与了解的，那么创业一开始就会陆续进行了。长期以来，这个部分相较产品与业务就不致成为AK极弱的一环了。

很多时候老板的初始专业并不是老板。大部分老板也是养成的，所以担了更多更大更为复杂的风险，那自然全是成本与投资。包含引进自己不熟悉的专业人才，真专业假专业还有其他诸多状况，又何曾不是诸多的风险在其中。

不少专业人士热诚地端着专业，可惜忽视了沟通协调是展现与执行专业的必备工具。

如果某项专业在一个单位里是领先或前端的、初引进的，那么教育与推广也跟专业等同重要了。要教育单位里不懂的高管与老板是艺术也是技术。适当的让老板有颜面的既看到你的专业价值，又要不着痕迹的让他快速简易的学习与了解，并且信任与认同你的专业，是成功或免于累战一番阵亡的关键。

显然Wendy是错失了她与Akiens的蜜月期了。她新来乍到时Akiens是非常力捧与支持的。要人与做事，那是她向Akiens要资源与展现成果的关键时期，她当初往下与同侪平级应寻求最大的人和最小的阻力；往上对Akiens倒可趁势适当的高调进行专业业务的推展。当然高明的培训老板与展现专业价值，取得老板的尊重、信任与了解、认同，是成功之道并且有机会事半功倍。

Wendy进了葛薇星屋里主要与她谈升职的事。葛薇星主动向Wendy提起，她个人对公司中长期发展，特别是整个产品部人力资源的一些想法。

Wendy听了之后未置可否，倒是问了葛薇星："说说你对对手公司这方面人力资源的想法吧。"

葛薇星说："我完全一无所知。"葛薇星接着说，"我只能就他们的产品线的分布；产品的特色与市场反应，提供你参考。并且就对手的产品与我们AK的状况做些分析，你也许可以有些想法，布署攻防与异军突起。”

“说清楚一点，什么是异军突起？”Wendy仍是以一向自认为专业形象的高调姿态问了。

葛薇星解释说：“攻防是未必需要，有些市场或产品我们不见得需抢或攻。攻防其实都一样，也未必得用自己的产品去攻抢。特别是我们自有门市很占优势了，不管用策略让对手互为攻抢，或拿别人的产品放在我们的门市里去攻抢对手，操作起来都太主动了。异军突起是指开发出目前有市场没产品的，或是大家想做却做不出来的，或是实现潜在需要却没人想象的新品。”

葛薇星又说：“我个人是认为，找业内高手不易。培养有潜力的新人常常有意想不到的效果，并且成本又低，同样的预算还能同时投放好几个人呢。当然这仍是我个人见解，你参考参考，这个行业的产品开发是老天爷赏饭吃。现在业界的老前辈里，好几个靠技术创业的都是半路出家，并且都是啼声初试，一出手就不凡，Akiens就算是了。”

其实说到这儿葛薇星深自体会：Wendy其实可以做得更好、更多。过去大家对于经营发展的沟通协调太少了。不知道Wendy可有体会原来Akiens的问题何曾不与她一样。人事是Wendy的专业，但是这个产业的专业与AK的发展需要别人的专业意见一起来发挥，如同Akiens需要人事的专业。当然在这之前Akiens需要适当的想象与了解人事能发挥到哪儿，如此才能有机会发挥相应的绩效。

即使是这样的谈话都是学习。如此体会，葛薇星自然对Wendy更为客气与恭敬，并想更深入的花时间提供自己所知。葛薇星深有所感，企业真的是一个团队，许多大小螺丝组织出目标一致的有机体运做起来，相互学习与支持。

学再多的理论都要靠在团体里面发生的实务状况来反应与经验才能成就。理论可以提供方法参考与经验并帮助适当的预估风险。现实是滚动的，一切不是绝对。这让葛薇星想起了他，真像他的鼓励，条条道路通罗马。

葛薇星说话声调原就温婉客气此刻更听得出真诚与热情，她对Wendy说："Akiens应该更为了解，包含几个大厂的技术主力与背景他都深入了解，说不定还都熟识呢！但是除此之外，我想更重要的是应该大家一起开会整合一下状况，确认发展需求。有必要定期组织正式有主题的经营会议，并且Akiens应该要有幕僚组织。"

Wendy听葛薇星这么一说，才想起以前在外企是每个月有这样的例会的，临时召开也是常有的，虽然自己没参加过，但是人事部的总监每次都为此大费周章做准备去开会。现在回想起来那几乎是他们人事部大老板最主要的工作之一了。

以自己在AK的职位如果有这样的会是应该参加的，AK这样的一个公司怎么没这样的例会呢！

Wendy走之前极其难得的对葛薇星说了："你蛮专业的嘛！"

“谢谢。”葛薇星说。

“对了！我还觉得Akiens应该有个专业的秘书。”葛薇星在Wendy走出她屋子前补充了一句。

葛薇星满心的满足与开怀，倒不仅是Wendy的态度。是工作上的成就感与自己的真诚得到一样真诚的响应。当然对自己毫无预警与没半点准备说的这番见解，自己也很意外。这好像帮自己梳理了一些经验与立论，自己觉得收获颇丰。同时也体会到身边的任何状况与任何一个人可能都是老师，都是来成就自己的贵人。难怪扬升好几次客气的对她说：“越在上位表示有越多的人在下面成就你。”原来是让她要越来越谦虚，才不会蒙蔽了学习与进步的空间与机会。

Wendy与葛薇星谈过了之后很快的去找了Akiens。

“Akiens无论你再怎么忙，我们都要花时间谈一谈。”Wendy说。

Akiens头都没抬起的自顾得忙着说：“我很忙呢，再排个时间吧！”

Wendy说：“你需要秘书帮你更有效的安排行程与协助一些例行的行政工作。”

“誉芳不就是了。”Akiens正在设计新的产品，他手边的工作一直没停的跟Wendy说。

“这不是誉芳的专业，同时她的工作量太大了，兼顾不了。”Wendy说。

“是吗？还好。我很习惯了。”Akiens说。

“Akiens，这不仅是我的工作，对AK的发展也是非常重要的。请你必须重视。”Wendy说着，似乎就是不打算另约时间，也许开窍了，有些时间必须是抢来的不是等来的。

到了一个阶段，老板也好客户也可好，他们不主动找你的话是很难有时间的，要想占用他们的时间，要不是用偷的那就得用抢的。谁敢谁赢。

“我要加个人请你批了，我才能尽快作业。”Wendy说。

Akiens说：“真的有这个必要吗？公司虽然人越来越多获利也不错。但不能随便加人。”

Wendy说：“我的报告写得很清楚了。人事加行政这样的人力配置真的是完全不合理，加上袅袅没毕业前也一直没办法加班。”

Akiens终于放下手边工作看着Wendy说：“把袅袅调到财务给你换个新人，你看如何？”

“那太好了，这样前台形象与质量可以藉此有很大改善。但是我人事仍是要加一个人，并且是有专业背景与实务经验的。”Wendy非常坚持的说。

Akiens翻找了一下，取出Wendy送进来的卷宗，翻阅了一下。拿起笔签了同意就随手把卷宗丢给她。接着说：“好了吧！我很忙。”

Wendy没接住从桌边滑落的卷宗。她既不急于捡起地面的卷宗，也没要走的样子。她继续对Akiens说：“我在Grace那边更深入了解公司未来的发展可能，我需要跟你讨论人力资源的规划。”

“是吗！你写报告过来吧！”Akiens说。

“我送进来K.P.I的规划这都过了不知几个月了。”Wendy说。

“什么！什么！什么P.I？”Akiens显然没印象，极可能由于不熟悉，一忙也就忙忘了。

Wendy大感生气。她想她应该与Akiens像跟葛薇星那样好好深入的说一说。她说：“没关系我们先好好讨论，我再打报告给你。”

Wendy显然是抢下Akiens的时间了。Akiens不仅停下手边的工作，这似乎是被迫打算听听Wendy的说法了。

“K.P.I是一种透过相对较客观的量化标准来考核员工绩效的方法。整个的设计与实施，我参考了目前实际状况并且会过财务部才做的计划。针对AK，最特别的在于产品部与业务部以及门市，这三个部门有量身打造的个别合适的办法。”说到这儿，Wendy想起自己夙夜匪懈的辛劳，在人力严重不足的情况下，只花了不到半年时间，就完成了AK的这套K.P.I，原以为会大大受到肯定与称许。没想到Akiens竟然看也没看的，这转眼都快一年过了。除了觉得气馁也深感委屈。她振作了一下情绪接着说，“K.P.I这个部分比较复杂。请你先看看，也许没太多问题之后，再找副总与几个部门的高管一起来开会讨论。”

“那你找Grace商量吧！”Akiens说。说完又是一副打算开始继续他的工作的姿态。

Wendy见Akiens一副就是你没事尽快走吧的样子，更觉得不受尊重。尤其相较刚到AK时备受礼遇的差异，真是不可同日而语。Wendy这就说了："AK整个上上下下真的非常不专业，既不理解又不懂尊重人事与行政管理的必要性与重要性。这样不仅是企业的风险也是浪费。你付专业经理人的工资给我，却老让我把时间分配去做助理就可以做的事，浪费了工资、浪费了人才也耽误了时间。"

Wendy完全无视于Akiens脸上霎时浮现明显可见的愠色，她继续说："其实领一样的工资，我大可乐得轻松打混的做。我是有专业的，当初来AK也是希望有所作为。看！AK都用些什样的人了，誉芳不专业又什么都不懂，袅袅更是鸟到不行别惹麻烦就感恩了。"

"那不都是你在用的人吗？"Akiens不耐烦的打断她，接着说，"我很忙，你有事就说重点，如果是来发牢骚的就出去吧。"说完Akiens动了一下他的鼠标叫醒休眠的PC，应是打算继续他先前手边进行着的工作。

Wendy非常不高兴的说："你应该有个幕僚团队，不是自己一个人做完全部的事，同时AK更应该有经营管理的例会。那样可免你独断独行，也可免各部门各做各的，既不沟通协调也没有妥善的进行资源或意见的整合，更别说信息或情报的交流与回馈，这样不专业就罢了，主要是风险很高。"

Akiens很快的被Wendy不悦的情绪感染，他起身离开座位指着Wendy的鼻子说："你说说看，谁独断独行？你最好搞清楚你在说什么啊！有本事别在这儿说，你就去做来看看啊！你要的人现在也给你了，袅袅我调走她，我看看你到底都做了什么。"

Wendy什么话也没说，转身就走出Akiens办公室。隔天AK的求才栏目里，除了原先各单位的求才项目，新增了人事主管还有总经理秘书。

葛薇星与Wendy商订了每个月最后一周的周一，进行经营管理例会，她们并把会议的招开与进行方式、与会人员，以及会议结束后的追踪管理等细节书面化，提给Akiens以及与会人员。

Wendy的K.P.I葛薇星慎重的与财务主管进行确认与商讨，有不少修订。葛薇星同时还找了Shelley、景观、小杜开会讨论了好几次。产品部的部分除了大家的意见，Wendy找了Akiens几次总算也定案，前后花了近两个月的时间。Wendy再送了新版的K.P.I给Akiens，Akiens问了葛薇星意见之后，很快在经营管理的例会上通过实施的时间与作业的办法。

新的组织调整与人事调度公告之后Shelley正巧就收假回单位了。就在Shelley回单位之后，誉芳婆婆进了医院，Akiens批了长假给誉芳。之后不到半年的时间，章绮烟还是离开了AK。

Wendy的副手Sky来了，缺了誉芳Wendy仍是少了一个人。AK市场部招聘两个人，其中一个是替任章绮烟的职务，同时产品开发部还预计新增三到五个产品开发人员，前台也将招募新人接任袅袅。即使财务部主管向Wendy表示反对，Wendy可不想袅袅留在前台，那可是AK的门面与专业形象，更不想她留在自己这儿，袅袅自然是顺利的依Akiens指示调往财务部了。

葛薇星特别关注的是Wendy招进来产品部的三个人。

穿着川保久玲子罩过臀部宽松大衬衣，系着一条短版窄领带，配牛仔裤足登耐克高统鞋，头上顶着染过金黄还闪着银粉的刺猬头的Nicle是从HU过来的。

第一次见面时，葛薇星伸出手来表示欢迎，直到握上Nicle不一般厚实的手，葛薇星才敢确认这个长像扮相都帅气，说话声音像大男童似地大声豪爽的是一位女性。

Wendy特别告诉葛薇星："Nicle是在美国上大学与研究生的。回国有四年，在SF三年，HU一年。"Wendy接着略显不表认同的说，"我们的大老板Akiens可不是一般的欣赏她，非常礼遇她，还给了特别的工资与条件，不知道本事如何。"Wendy说完心理想着：蜜月期应该不会太长吧！

米歇尔略高于葛薇星，丰腴健美，有一双大大的丹凤眼与颇有层次及肩闪着红光的大卷发。浅麦色光洁的脸蛋，双颊总是透着两抹嫩嫩的粉红，粉红上面还洒着几米粒的栗色小点，经常无声尽情的裂着大嘴笑，彷佛才从早晨的阳光走来。总是运动衫配迷你短裙，穿球鞋挂个素色布褡。她毕业之后一直在一个小工作室，相关工作有三年经验了。

另一个高瘦的男孩Kiki满脸净白，也是单眼皮。今年刚毕业，但不算是全没经验。他在学校就是这方面风头人物，还得过好几次国外的比赛。在美术与设计方面也是赛场上的风云人物，多才多艺。

袅袅说法：“这次找的人都颇有才华很有灵气，老板非常满意。”

办公室里的同事也是这样的看法。事实上随着AK这些年的发展以及在媒体高度密集曝光，每次征人投送进来的履历，数量越来越多，条件与素质也是日益提升，屡见优秀难得的人才。

听得出Wendy对自己找的人与找人的速度都是很满意的，这点就算誉芳葛薇星也是深感认同的。尤其葛薇星可以感受到Wendy是认同葛薇星的用人政策的。对于Wendy后续再要进的人，葛薇星充满了期待。

打从葛薇星第一次以副总身份替Akiens主持产销会议那天开始，产销会议再也完全不同于过往。过去Akiens自己代表产品部再就是她与Shelley，后来加入了景观，后期应葛薇星要求增加了小杜，每次都是他们四、五个人很快开完。

这次葛薇星召集了产品部、市场部、业务部，还有门市部的不少人参与，主要是要示范并导入她认为必要的会议机制与会议模式，同时藉此加速对人员的培训。并增进与会者对工作的热诚与成就感，特别是对企业的尊崇与认同，进一步提升大家对单位的向心力，她自认为非常必要积极积累优质的企业文化。

当日会议还没开始，袅袅就高调的替Wendy带着新入职的前台悦光来认识新环境，大会议室里热热闹闹的聚了不少人，袅袅怎么都不可能错过这样的场合，借着宣告来了新前台，让大家知道她升职了。只不过是她的心思只她自己关注。

葛薇星贴心地很快让出时间让悦光介绍自己，这让葛薇星也想起当日自己入职前台的第一天，在这等着表演自我介绍的情景。为了自我介绍，她在被通知任职就开始设计并整晚的练习了很久，虽然自始自终都没机会表演过那次的设计。

一样是这个会议室，这片落地窗以及迎进来相同的阳光与似乎不再相同的气味。一切彷佛昨日，也才不久之前，记忆犹新。

现在大会议室里多的是不同于当日的年轻新面孔。原来自己发型一直没变，就是有空时去剪短一些，忙一段时间再剪之前就长多一点。体重多半差不多，因为当年的衣服多半还在穿，宽松依旧。算算有十年了，自己早已随时可以不需做任何准备从容并且自信、有把握的因应任何的工作状况。

这些年来大部分的工资，除了在简筱域离职前Akiens许她与Shelley可以分配买下简筱域所持有AK的股权。她与父亲商量之后，依父亲的规划以工作室名义买下，其他生活费以外大部分的钱都交给父亲偿债了。

想起他，这转眼也快十年了。每到近了圣诞节、过新年，她总期待着惦记着。她想要抢在他之前发短信祝福他，但总是让他抢先了。新年来之前她会收到大礼，那是在除夕夜里来来往往她都能很高兴的收到好几则他的短信，正足以喂养她一整年的爱情，此刻想到这儿就搅动她心中大桶大桶的甜蜜。也许是这样就一年又一年，忙忙碌碌快速的过来了。

在那次产销会议之后，葛薇星只要没出差，Nicle都会来敲她的门。只三言两语，还好都不待久，葛薇星虽忙也就不以为意。说的多数是产品开发的想法并咨询葛薇星对市场的看法，临走前总顺道说笑的问个问题，一向就只问一个，决不多说或耽误。Nicle总能把时间掌握得很好，在葛薇星为时间觉得紧张之前，从容结束交谈。问过喜欢希区柯克吗？喜欢马蒂斯吗？喜欢可口可乐还是百事可乐等等。

电影与艺术正对了葛薇星的胃口。关于可乐，葛薇星还进一步发表了与她专业有些关联的心得："可口可乐的广告政策太守旧了，明明是时尚饮品的市场，宣传手法与广告内容都没引领风潮。可口可乐在全球所有的广告，一直以来的版本不外是散播欢乐气氛，就是以区域一线当红的青春偶像的形象来媒介产品，相信你没见过伤心时有可口可乐陪着你的版本！我认为可口可乐应该加入伤心或失落版，甚至是丧礼版。伤心或失意时喝可口可乐可以扫去阴霾带来希望，丧礼时喝可口可乐，可以替唯一死去的人安慰大多数还活着的人。”

“丧礼原就是在安慰活着的人。有时根本是在显耀或展示活着的人的能力或是对死者的心意。死者是否还能看到、感受到或得到什么未可知？”

“可乐中的二氧化碳可以交换氧达到提神效果；可乐的成分最初原是治感冒的药水，可乐除了冷热变化与调味加料的喝法还能入菜等。这些都有很好的包装与发挥的题材。可以让可乐不仅是世纪饮料而成为有历史、有故事，包装得更有生活文化的进入时代的轨迹里。”

“除经济上不允许的区域，试问几个人没喝过可乐？一年喝了几瓶？主动购买的比例？可乐真的好喝吗？我极少喝可乐。比较喜欢可口可乐。但是与广告无关纯粹是口味的选择。”葛薇星这么说。

Nicle非常完美的配合，始终未发一语的扮演着听众，直听到葛薇星说完才说了：“你是理性的嘛，外表看来倒是感性多过理性。”简洁利落地说完就走了。葛薇星发现自己说得比Nicle问的多，也许她是觉得她能听懂也可能是没对象让她挑起来说。

Nicle曾找葛薇星午饭几次不成，一段时间后大约也知道葛薇星很忙，一向午饭时间不规律，最初有几次Nilce还帮她带午饭。这让葛薇星坚拒了几次曾有些困扰。

办公室里议论Nicle的衣着、性别、性向一直是时兴话题。Nilce一点都不以为意，仍一派我就是风流潇洒。每日穿着都有亮点，戴单边耳环不稀奇。即使是西装，也一定是减去半截袖长，再配上粉色衬衣，戴上黄色领结，绝对标新立异，特殊出色的穿法。

Nicle以及她带来的新产品提案原就非常受Akiens青睐。特别一次又一次的会议表现，让Akiens更是大为激赏，也就更加的礼遇她。Nicle一下不仅是老板跟前的大红人，也是单位里最时兴的话题人物。连她家里的马尔济斯因她加班太多，缺少关注而有忧郁症倾向都流传一时。那个马尔济斯的玉照，更方便讨喜的替主人风光的在单位里四处流传与张贴。作为首度在AK出现的宠物，那个甜蜜讨爱的模样确实安慰了不少人，时而无辜与经常忧郁的眼神更是掳获了AK不少男男女女的心。

Nicle不算新手，几次会议下来表现亮眼比高手毫不失色。口才极好，还不时巧妙的夹杂几句英文，更是加分了她的形象设计。除了产品开发是她的本业，就市场她也有独到并且完整的一套想法。对营销更有非常出色的意见。

营销工作第一步就是先营销自己的想法，口才与表演往往要在案子被接受前发挥影响力。葛薇星与小杜不约而同都觉得她是天生的营销人才，有营销的天分与很好的表演天才。也许做营销会更强过产品。

特别是葛薇星与小杜都一致认为新品开发方向，似乎与同业，也就HU与SF新一季的主打功能差不太多，还好倒是至少有机会可以领先他们几个月上市。

这个新品，Nicle来AK的第一个新品，Akiens特别把葛薇星、Shelley、小杜找来开会。Akiens打算让市场与业务加上自己的门市藉此连手，让AK在市场上可以一如上次的经验那样，再更上一层楼的大大风光一场。Akiens不需表态，大家也嗅得出他这次志在必得，他几乎自己跳出来推进与主导。

Shelley是新官上任自然是卯足了全力。整个业务模式复制了几年前的手法，这次更加入了自己门市的首购造势。

小杜的经验与资源条件更大大不同从前了，加上Akiens极度的支持与推进，除了葛薇星自然没人知道这个大案子，不仅是章绮烟离开AK之前的最后一个案子，也是小杜在AK的告别之作。正好有预算的支持，小杜自是特意要以这个案子创造口碑与做出指标性案例，卯足全力毫无保留地规划与运作。

新品上市Akiens还首见主动的办了与媒体的餐叙，除了媒体来了，AK的监察人与另几名董事包含WA的小开都极难得的现身。Andy也带了几个朋友。葛薇星想：不知道他会不会来？Akiens怎么没让她打电话给他？

人声都鼎沸了，葛薇星来到主桌就在Akiens身边轻声的问：“要打电话给扬总吗？”

Akiens 说：“他很难联络的。昨天他说很忙会尽可能赶赶看。我想没太要紧事，今天就没催他了。”

Akiens停了一下，看了看葛薇星思索着说：“你有什么看法吗？你认为该催他过来是吗？”

葛薇星还来不及说话，董事WA的小开已站在她身边说：“来！来！美女就该坐我们这桌。我走来走去的没见着，原来就在这儿了。”他举杯敬了Akiens，接着说：“怎样？Akiens，藉爱将坐我旁边一下如何？让我吸收吸收并且打听一下。”说完示意葛薇星坐下。这时监察人也笑笑的看着她，一副也是欢迎坐下的意思。葛薇星看了Akiens的意思，也就依WA小开的意思坐在他与Andy之间。

葛薇星才落坐监察人就先举杯了。只简短的说：“辛苦你了。非常不容易。表现出色。要叫Akiens给好的工资，给礼遇的条件啊！”

接着是WA的小开举杯。紧接着Andy也敬她，还介绍了他带来的两个人，这两个人不仅是Andy在学校的同事，同时也是AK的小股东。

WA的小开等不急的说：“嘿！你们敬个没完哪时轮到我。我还要问Grace有没有兄弟姊妹呢？”Andy很快的出来调度起热络的场面。

整场Akiens、小杜、Shelley、景观等忙着招呼媒体，葛薇星反而埋在主桌这些董事监察群里了。

Akiens重回到主桌，他已微醺了。他对葛薇星说：“你打给扬总吧！”

相较有好理由打电话给他的兴奋，得以离席片刻的高兴已不算什么了。喝了不少的葛薇星听了很高兴的努力踩着稳重的步伐离席，她没去洗手间。她深有体悟，除了前台，茶水间，洗手间就是是非的集散地，也是打听或窃听情报的好场所。她找了一处没人的楼梯间，还细心的看看上、下层。这才放松的检视挑一处较干净的墙面倚着。

葛薇星拨号之后，电话嘟嘟的响，葛薇星数着，一、二、三、、、十二响，“您的电话无人接听。”这是葛薇星从没有的经验，过去都是没数，一响之后她就会听见他叫着：“丫头。”她连播了几次，满心疑惑与失落。待了一会正要离开，电话响了，是他打过来的：“丫头啊。对不起！刚刚跟领导谈事情还来不及接。你说，什么事？”

“Akiens让我催您什么时候过来？”葛薇星说着心理想着他可能跟领导有重要事在谈，随即接着说，“这边没什么重要的事，您要是忙就别赶过来了。”

他在电话里说：“你还好吗？一切顺利吗？没有不开心吧！”

她告诉他说：“顺利。一切都很好。”就是没说，唯一的不好是没见你来。

他说：“我尽可能赶赶看。”

她说：“您安心忙，别赶了。这边没事。”

就这样电话还没结束葛薇星早已跌回失望的现实。说完电话她仍倚在墙上动也不动。她太有经验了，倚在墙上不可以移动与摩擦，这是个她体会出的技巧，如此衣服不会脏，不怕成了抹布。

她就这样待了有一会，反复的看着他曾给她的短信，算算离开的合理时间到顶了，就整理好情绪，端起笑容离开楼梯间。

她没回主桌直接去与认识的媒体打招呼，也努力的与不相熟的媒体换名片。过了好些时间，餐会尾声了她回到主桌。

WA的小开正介绍着他们集团今年的投资大项。Akiens还特意对葛薇星说："你也来听听。"葛薇星一走近，Akiens小声的说："扬总刚刚给我电话，他会介绍一个实力非常不凡的投资者，对方在日本商界是很有实力，声望很高的家族。投资扩及欧美东南亚各种产业都有。让我们有兴趣就准备接待。"

餐会结束送完宾客。小杜与景观都真诚地要送葛薇星，他们并不知道葛薇星的原则。更没人知道她习惯等大家各自离去了有一会儿才走，并且要走一段路再上出租车。她早预期他来不了，但还是很失落。

踩着似乎也喝醉的高跟鞋，走在坑坑洞洞的人行道上，好几次鞋跟就卡在小坑隙里。因此她刻意更小心捡着路面走，笨拙的模样她自己都觉得好笑，就更刻意的这样走着走着，仍是不小心鞋跟硬是掉进步道上铺的砖缝里，砖缝更小，她才猛力拔起，一下就挫断了鞋跟还扭了脚，她就穿着一高一低的鞋，一走动脚踝就疼得她眼泪都掉出来了。她勉强试了几次仍是痛得不行，蹲在人行道上，眼看要靠近路边拦出租车，还差一大段的距离。

难不成要向路过的陌生人求助，这太为难了，再说这么晚了路过的人还真不多，每有一个她都挣扎犹豫得很久，几次就这样经过的人都走远了。她这只一动就疼得眼泪几乎要滚落，同时也开始担心越晚只怕路过的人就越来越少了。

在她还没注意到，他已一把将她抱起了，掉了一只鞋她竟没说。他抱她上车之后才发现还回头帮她去找鞋。她高兴得几乎一点都不疼痛了，更忘却了先前的无助。车子开往她不熟悉的方向，他不顾她反对坚持先去医院。

韧带断裂会非常疼痛，愈合期很长，大夫是这么诊断的，所幸来了医院。当然这个痛法，她很快也是会来医院的。

到了她每次下车的地方，他开了车门没让她下车却是直接把她抱起，她挣扎的坚持要自己走，他不许。她心里盘算着：不想他见到她那窄小杂乱的住处。

她向来拗不过他的。就这样一路进了电梯出电梯，来到她住处门口她一直没掏出钥匙。站在她门前一会儿他才把她放下，让她扶在门上站好。她看他进电梯离去了才开门回家。

那天之后，葛薇星决定搬家。这十年来葛薇星搬了两次房，都在同一栋楼里。第一次到期了换了另一个楼层。租金一样，大小相仿。第二次到期，旧屋隔壁刚好有空房，稍大了些，租金也多些。当时她已在业务部当主管了，工资涨了不少。她求省事，没有多考虑只利用一个周日就签约搬到隔壁了，就此到期续住一直到现在。

葛薇星非常懊恼自己的屋小杂乱，不想再有这样与他独处的机会错失。她要换一个合适的屋子，并且要每日打扫干净。她盘算着搬家的种种，才在疼痛中睡去。

第二天她才开门就见门边已站着正打盹的他。那种欣喜足够分给全世界每个人得一分，只可惜她分享不了任何人。

他抱起她上了车。还特意绕到单位后门离电梯较近的地方。她不想他为难，车一停，没等他下车，她就自己抢下车往电梯口走了。就那样有几天，那是葛薇星极美好的快乐时光，每天午晚、饭之外都收到有好几则的零星、简短的短信，累积进她这多年的收藏。

葛薇星的脚虽不算痊愈，总算在扬升引荐的日本乐山集团总裁汤先生到访前，恢复到可以让她一如过往那样顺心无碍的奔走。这段时间多亏有新来的前台悦光，悦光非常低调主动有意且细心的诸多帮忙，葛薇星的午饭晚餐几乎都靠她打理，这要让葛薇星接受帮忙是非常不易的。

营销工作第一步就是先营销自己，口才与表演往往要在对整个案子的想法与规划之前先发挥影响力。

09

兼并对手，对治盗版风险

在Akiens与媒体的餐叙结束几天之后，Akiens向葛薇星提起WA的投资案。葛薇星听来，WA对Akiens来说似乎是一个他极认同与向往的集团，葛薇星可以感受到那种有些雷同于Akiens对HU的尊崇但又有不同的某种情结。

这么看待是因为葛薇星知道WA在过往曾经是风光的时代产业。现在，特别是这几年，就她的看法，WA的投资方向都是跟风且太慢。葛薇星对他们特意在媒体上主动密集所发表的经营绩效也是有疑虑的。也许葛薇星没经历过Akiens所处那个WA全盛时期的盛况，特别是Akiens与WA的小开正好留学时期大家在同一个学校，这让Akiens感受更深。

WA小开虽担任AK董事，投资AK近十年以来，除了开幕庆贺，在这阵子之前从没出现过，这样的转变可想Akiens的复杂感受。

她完全没体恤Akiens，更别说满足他期待的认同与祝贺。她答复给Akiens的投资咨询意见是：投资风险、投资报酬与机会成本都不看好。

葛薇星还打算如果Akiens再更进一步问，她会发表她对这个投入的市场定位与运营模式不认同与诸多疑虑，葛薇星心中更隐约觉得这个投资案草率得更像只为了募资与吸金。但是显然Akiens心里不认同葛薇星的看法，并没多问葛薇星。如果不是之前有两个大家都看好的投资案，一个是第三方的案子，另一个是业外的投资，葛薇星得知后极力反对，确实规避了投资损失，并且最终的发展结果，一如葛薇星的分析，Akiens一般是不会向其他人咨询意见的。

AK的几个大股东，监察、董事向来不管事。他们各有事业忙碌且财力都大大在Akiens之上，最初对AK的投入在他们都算不上风险，这几年也全数回收了。这些人是Andy主动找来的，多数都是Andy留学时期的人脉，只有第二大股东监察人是Akiens夫人的同学，他是专业的投资者，以投资为业。

AK这几年的绩效突出才引起他们的注意与重视，并且也让他们对Akiens大大肯定，自然更不会对Akiens的决策有太多意见，这从当初收购HU门市只需打打电话，将做好的董事会的会议记录分别送给他们签字盖章即可。就这么简单容易可见。

Nicle的新产品准时比同业早了两个多月上市，除了复制了过去的成功经验，经销商也因过去的销售成功更加有信心的扩大了下订。在AK自有的门市与合作的通路门市里都设计了排队活动，门市还没开门营业，人群就排到大马路上了。

成功的创造话题巧妙的上了午、晚间的电视新闻，整个销售不仅超越以往，也让AK的气势再上一层，一如Akiens的期待，就如预期的成功。

这次Akiens对自己主导的新品上市成功，他的兴奋与喜悦不仅在媒体可见。在AK上上下下，也都可以从他那一向腼腆寡言变得满眼溢着笑意，与说话不若以往的惜字如金得以充分感受到。

媒体不再需要运作，顺利进入一窝蜂的惯性，已蔚然成风气争相的吹捧着Akiens。对他的经营与AK的发展，发挥着媒体正向的宣传大大的推崇，不少媒体更推他为年度最佳经理人。

Akiens面对媒体不仅是越来越老练，事实上已化被动为主动，同时还结识了不少媒体界的朋友。

就在Akiens请了几个高管与Nicle的饭局上，虽没明说大家心里也明白这是Akiens的庆功宴。葛薇星认为这是好时机，Akiens此时信心大满，气势如虹，应该不致太在意小杜的离开。

以她曾作为企业主女儿的经验，一个老板在这个状况的时候，有可能不希望换人，也可能觉得是大好时机，可以没有流血又不花成本的换新血，洗牌进来新的创意或更高端的专业。特别小杜所司是个消耗创意的工作。

依葛薇星的印象，小杜在AK也做了有五年多了。思虑及此，她也警觉到自己也许该在适当时机，见好就要收。别把自己做得没价值了。在最佳时机离开，不仅让人留恋，还能有好身价换新舞台。

总也得给Akiens适当的反应时间。餐会开始不久葛薇星就私下告诉Akiens，小杜提辞呈了。葛薇星也藉此让Akiens明白不会有转圜的机会，没有挽留的可能。葛薇星只是没告诉Akiens小杜要出去自己创业了。

餐会的气氛极好。Akiens是真想为自己庆功，不好意思吹捧自己就吹捧起Nicle与他刚得知要走的小杜。

Shelley与小杜何曾不是该好好为自己这次的成功庆贺。这一役好似他们生命中或是职场生涯的里程碑，对Shelley与小杜都是值得大大庆祝的。

喝醉的Nicle好几次用她那不一般厚实的手，不预警的拉起葛薇星的手说:“你真美。”还闹着说:“我很帅吧！当我女朋友吧！”最后一次说着就往葛薇星手背一吻。葛薇星看着她那天妇罗般的手指，小指上还有着一圈玫瑰金的指环，上面隽刻着C.D。瞬间极度的不悦跃上心头。

酒酣耳热的投入庆贺的众人见状都高兴的惊呼起哄，气氛热闹，葛薇星勉强装出笑容，心里是非常不悦的巧妙地换了坐位。也许没人注意到，但是即使是微醺的Nicle可以清楚知道，葛薇星是极不高兴地把手抽走的。就在桌子底下，葛薇星不自觉的频频擦拭着被吻过的手背，总觉得擦不干净。

她想起堂鑫也曾悄悄地牵起她的手但不是这样的感受。当时其实是有愉快的经验的，也许如果不是心里一个他住满满的，再无一点点的位置，装不了一点其他的，她是欢喜的。不是性别的问题，更无关相貌，葛薇星自己觉得她从来不在意相貌形体。学生时代许多同学着迷英俊潇洒的男明星在她看来都还好，一直没有令她着迷的，更别说有偶像了。此刻她心里觉得极不受尊重，她几乎是生气的既觉得委屈也有被侵犯的感受。

后来Shelley似有察觉，就在她耳边说："怎样了啦！不高兴了。你这个拗脾气呢！小题大做了吧。"

整晚葛薇星都平静不了。她自己想：也许是新品还没正式上市章绮烟要走了，接下来小杜也要走了。她一直清楚天下无不散的筵席，更没有哪个单位是非要谁不可，就是老板都可能换人的。她也不是惯性的出离热闹气氛，整晚从她计划要告诉Akiens小杜要离职开始，她一直都是无法畅怀的，但是Nicle的行径却把她推向谷底。

就在餐会来到最高潮，Akiens的电话频频响起，葛薇星看他从包厢外接完电回来脸色有恙。特意找了个不被注意的机会问了Akiens："有什么事吗？"

Akiens说："没事，是媒体界的朋友来了电话。"

葛薇星一听媒体界朋友来了电话就深觉不妥。葛薇星一直打算建议Akiens，媒体最好统一专人处理。对此小杜也很有意见。近来Akiens常常自己处理过了，市场部才知道，这样非常不妥。

葛薇星刻意轻松的问："都还好吗？"

Akiens迟疑了一下说:“HU可能对我们提起诉讼。他们认为我们的新产品抄袭他们。”

葛薇星故意说:“这种商业竞争的放话是很常见的啊。”

Akiens停了一下说:“我这媒体朋友跟HU的法务部很熟,他会再帮我打听。”

葛薇星听完就说:“我们应该快速双边确认,向Nicle了解她产品开发的过程,也要另辟不同途径快速了解状况。”葛薇星接着说,“您的媒体朋友真的可以信任吗?”Akiens没答。葛薇星停了一会说,“如果可以应向他了解目前媒体掌握的信息到哪个阶段?同时了解媒体的态度如何?我先找小杜和Wendy吧!如果必要的话景观与Shelley得一起加入掌握状况,尽速在市场上有所处理与反应。”

葛薇星接着说:“成立危机处理小组,启动危机处理。”说出危机处理让葛薇星自己也有些惊讶,这是葛薇星学过,也曾努力研究过许多案例,并给自己功课的模拟过解决方案,但是实务的操作是毫无经验的。如果真有危机发生,这也算是AK与Akiens的首次经验。

葛薇星随即与小杜研究,尚无媒体来打听这件事呢!该如何去比较不着痕迹的向有把握的媒体打听状况,好做评估与因应。隔日Wendy这边与Akiens一起与Nicle深谈。Wendy也在当日依葛薇星指示,同时与律师开始接触就法律上的攻、防与针对风险做出评估。

Nicle表现非常坦荡,她的说法是,这个产品的功能特色确实是她在HU就有构思并且通过提案在进行的。但是来了AK她完全重新设计，以不同的设计达成期待的功能，怎么能说她盗用或是抄袭？如果必要整个程序码可拿出来公开比对的。

媒体那边，Akiens也好，小杜与葛薇星也好，一时都没进展。就在他们认为可能虚惊一场的同时，葛薇星接到扬升的电话，他特意就这个事打电话给她关注并告知新闻发布会之事。不久Akiens、与小杜也都陆续收到消息，HU将有新闻发布会。显然HU有高度的把握，否则新闻一旦发布，反而成了AK日后对HU求偿的最佳依据。

几乎同时，一个介绍自己叫Dennies的给Akiens打了手机，自称是HU的代表，要求新品销售所得应归HU所有，并需提赔偿计划，在新闻发布会前如果提出有诚意的解决方案并顺利达成协商，那么可以取消发布会，也可以发布成合作计划。

经查证他确实是HU的代表。头衔是总经理特别助理。AK原本希望直接通过凌霄能深入了解状况，也许基于过去几次接触的交情有机会好好沟通商量。但是在电话里凌霄显然不愿谈此事，并表示董事会已授权Dennies全权处理。

葛薇星单独与Dennies约在一个郊区的咖啡馆。AK这边认为既然出面的不是凌霄，那么不需要Akiens这样的层级出面。葛薇星无论是经验、能力与资历都算是AK最佳人选了。

葛薇星说："记者会是不是太仓促太快了。"

Dennies说:“距离明天下午四点还有二十四小时以上。”

葛薇星心里想还好不是上午。否则肯定上午间新闻，午间新闻时间仓促，要挡下的难度极高，尤其只要一家播出了，那机会几乎是零。上了午间新闻晚间新闻很自然再炒上一番了。除非有超级重大新闻事件，但近日正好没什么大新闻。下午四点就是上晚间新闻，预先可以设法挡一挡，没能全面挡下至少淡化，第二天也就没新闻价值了。除非有高手操盘，设计好连环的新闻发展。但看来这并非HU的诉求。

“我们要求不过分。这支产品的全部销售所得，加上我们的开发投入作为你们的赔偿。新闻发布取消或是你们希望怎么发，大家可以商量。”Dennies说。

葛薇星说:“我们双方首先是不是该先确认这个产品是否存在如你所说的状况。如果你们弄错了，冒然发布了新闻，造成了AK不必要的损失，那么求偿的就是AK了。”

Dennies拿出了一大袋的资料给葛薇星看。这是HU关于这个产品开发的会议记录与Nicle在HU的产品研发日志。葛薇星看还有一叠密密麻麻的应是这支产品的程序码。

葛薇星看了心里很有感触，不亏是业界龙头老大，也难怪Akiens对凌霄的景仰。显然AK的专业还差上一段距离呢。

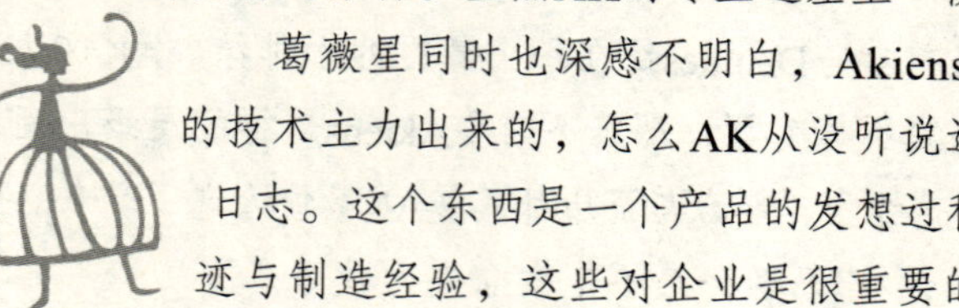

葛薇星同时也深感不明白，Akiens也是从HU的技术主力出来的，怎么AK从没听说过产品研发日志。这个东西是一个产品的发想过程，研发轨迹与制造经验，这些对企业是很重要的知识产权

与产权保全的手段。同时也对企业与员工之间可能存在的纠纷都提供较公正公平的重大意义。

这次事件就是最好的案例，AK 只怕拿不出产品研发日志，至少不能在第一时间拿出。如何举证发想依据与发想过程都难，更别说研发轨迹与其他了。

葛薇星不动声色地说："为了慎重起见，也为双方着想，是否可以商量请HU适当地延迟一下记者会。大家确实把状况弄清楚。"

Dennies说："Nicle去你们公司多久了你们自己有数，加这些资料。还不够清楚吗？"

葛薇星打算用缓兵政策加拖延战术，她说："Dennies，我代表我们老板，非常诚意的跟您商量，多给我们几天时间，真的是事出突然，您这边既然这么有把握就不差这几天了。"

葛薇星特别站起来表示诚意，但是姿态是不卑不亢的继续说："AK以最大的诚意面对这个事件，希望您能明白的。"

Dennies说："坐下吧！坐下说。"

葛薇星坐下了。Dennies接着说："是不差几天，你要多少时间？"

葛薇星衡量，能拖个几天是几天，以争取最多的时间为原则。要久了，对方肯定认为AK没诚意。她衡量对方至多给个三天算是好谈的了。

葛薇星开口说："为了慎重起见我想跟您商量延后一周，

相同时间开发布会好吗？”

“小姐，你真是爱说笑了，不需要一周吧！”Dennies接着说，“给你们三天吧。今天是周一，就周四吧。”

葛薇星说：“那就周五吧！”

Dennies说：“那是四天了。”

“就周五好吗？五比四好。商量一下嘛，就周五好吗？”葛薇星积极的说。

“好吧好吧！我等你周四下班前给我电话。”Dennies说。

葛薇星心想除多争取一些时间，周末的负面商业新闻杀伤力小些，一般会更关注休闲娱乐新闻。

AK这边开了会把状况与信息做了整合，归纳了几个因应的重点。

Akiens一定得设法与凌霄面谈，这由Akiens负责。

马上对Nicle这支产品的程序码与HU的进行比对，交给一位产品部技术与操守可以信任的资深人员保密进行。同时也让Andy在学校委托一位知名相关技术的教授进行，如此多方比对。

市场上把产品的流通量以不着痕迹的方式降至最低；以调货为由把产品回收。以缺货为由先不接受补货。

消息对内对外全面封锁。AK内部就现有包含Akiens、Andy、葛薇星、Wendy、Shelley、景观、小杜参与处理。葛薇星主张待状况掌握也不排除自己主动发新闻，包括道歉新闻。

法律上的因应决策，先找几位可以信任的这方面领域的专家，一定要有实务经验。深入评估构成侵权的机会与损失的风险，做出最好的攻防规划。

Wendy不动声色的马上调出Nicle相关资料与协议，同时重新评估每位产品部的人员，尤其是Nicle，他们与单位都签署了知识产权的相关协议，对公司的保障是否有效。实际发生损失是否真有补偿的可能。

葛薇星设法劝阻HU举行记者发布会，葛薇星建议先安抚HU。如果AK真的侵权确立，双方都只是条件问题。与其届时再取消新闻发布会，不如到当真大家实在没有共识，谈判破裂了再举行也不迟。葛薇星的谈判策略获得Akiens的同意与授权。

Akiens一直联络不了凌霄。不得已只好请扬升帮忙，详细状况他没说太多。扬升其实比他更早风闻记者会的事，多少有些敏感。

扬升很快带给Akiens令人唏嘘的情报。早在半年前，凌霄为了彻底解决儿子的财务问题，就将他所有HU的股权以极低的价格转让给Dennies后面的老板，对方也是凌霄他儿子凌珺的最大债权人。此后，凌霄就不参与HU实际的任何决策与经营，只是为求公司的稳定仍挂名总经理，在HU内部包含高层知道的人也不多。

凌霄没见过对方，出面交涉的都是Dennies，Dennies并以特别助理的名义在指挥公司运作。他获得充分授权，有绝对的决策权。

扬升还打听了Dennies，标准美式作风，凡事倒是爽快求是好商量。在美国拿了MAST有五六年了，回国两年不到。对HU这个产业不熟，反倒是投资圈认识他的人多，他后面的老板显然实力不一般，一向都不出面。倒是堂鑫都认识。

葛薇星在第一次见过Dennies之后的第三天再度与他单独见面。

葛薇星说："AK绝无意也不会愚笨的做侵权的事。这点希望您能了解。这次Nilce的产品如果果真发生侵权的行为，那确实是AK的疏失，相信不仅是双方所不乐见也是双方都蒙受损失。"

葛薇星继续说："我们已就Nicle的原始程序码开始进行了解了，非常感谢您能提供我们资料并给我们时间处理。"

Dennies笑笑的说："我还以为你们已有解决方案了呢！你今天的目的是什么？"

葛薇星说："假设我们侵权确定，就是双方协商的问题，不需要新闻发布会了。除非双方协商不成，您发布新闻可以达到报复AK的目的，造成AK商誉或业务的损失，对这个案子的求偿，无论是谈判关系或是求偿条件并不具备直接的帮助。因此请您考虑当真谈判破裂再举行记者会也无妨。"

葛薇星更为平稳客气的说："如果这个产品要是不被认定侵权，这样的新闻发布反而对HU的商誉有负面影响。AK因此造成的商誉与业务损失，只怕也需要HU来负责。"

葛薇星看着Dennies停了一下接着说："希望您可以考虑我的看法，重新评估是否直接取消记者发布会。周五之前我们会确认是否侵权，一旦确认则双方就您的要求来协商，这个商品卖越好您这边的收益肯定更好。假若协商不成或谈判破裂，您再发布新闻也不迟。"

"当然也可能双方对产品是否侵权看法不一致，但也不必各自在没得到好处的同时又制造机会给其他对手公司吧！当然果真我们对侵权的认定有不同意见，届时我们也会准备充足的依据向您说明。AK不会在有这次侵权疑云的风险还再度陷入相同的风险。站在你的立场保全与争取你们应得的权益是合理的，对AK又何曾不是如此？AK有永续经营的决心。相信AK或HU决不是靠一个产品或一个案子就崛起或就此失败。面对一个小挫折或疏失是企业成长的大补帖，未必是坏事，端看处理的态度与能力。"葛薇星说完继续说，"我们创办人还有我个人，对HU的专业技术与这些年来的产业地位都是非常景仰的，相信您可以做出对双方相对是最为双赢的决定。这是这个产业历史性的一刻，您是关键角色。"

Dennies说："Grace，说真的我对你印象很好。也谢谢你，我两次跟你会谈其实是有收获的。我会汇报我的老板，明天给你消息。"

Akiens自己也连夜的看了Nicle的程序码，有些细部确实不同，但整个的大架构与HU的雷同度很高。是否构成侵权得参考律师与专家的意见了。律师与专家都说这样的判例不见得是客观的，HU未必必然有绝对胜算，Nicle与HU之间的著作权与产品的所有权也有还有空间。

最终AK决定，除非毫无机会并且必然被认为侵权，否则就对HU采取拖延战术，HU多半会寻求法律途径解决，那么无论判决结果为何，到判决确定也要很长的一段时间之后了。

AK这边直接准备好了HU新闻发布会的因应措施了。一旦HU进行了新闻发布就不再与之谈判，并且在平衡报导与渠道以及市场运作上都有准备。

周四葛薇星并没等到Dennies的消息。直到很晚了她接到扬升的电话，扬升告诉她HU的新闻发布会取消了。最新的机密情报是SF已对HU提起诉讼，SF告HU窃取技术情报，已向法院提存了动结HU的部分银行账户。这样的转变葛薇星深感疑惑。

周五确实如扬升提供的情报，HU没有举行新闻发布会。当日葛薇星特意去产品部找Nicle，Nicle正好请假了。

隔周星期一葛薇星再去产品部，刚好Wendy也在，才知道Nicle连请了三天假，最快周二才会上班。米歇尔却是打上周起已连着有三个工作日没请假也没来单位，Wendy就是来处理这个事的。米歇尔的电话一直无人接听，最后Wendy在她手机留言旷职超过三日将予以退职。

葛薇星离开产品部在走回自己办公室途中经过前台，正好见到米歇尔走进单位。米歇尔的脸、颈几无完好的青一块红一块的，还有严重的黑眼圈。两颊嫩粉透红不见，及肩的大卷发只剩染黄了的极短，连刺猬头都不需这么短，从晨光中裂嘴开怀畅笑走来的已不是她。迷你裙换了牛仔裤，背的是LV的水桶包。

葛薇星立时升起惊心，是车祸？又不像！非常心疼的上前的问她："你怎么了？发生什么事了？"却见新来前台不以为然的窃笑。

米歇尔马上露出绝对欢喜的笑容，伸手抚着自己的脸，带着收不住的笑意娇羞的说："没有啦！没什么啦。"

葛薇星看着米歇尔停留在脸颊上的手指，她的食指圈上了极醒目的玫瑰金，清晰可见C.D隽刻在上面。这个指环在葛薇星的印象中也曾圈在天妇罗般的手指上，她仍深刻的记得天妇罗般的手指圈的是小指。就在同时，葛薇星耳边就听着穿了一身养眼不护目，黑色透明薄纱极短连身裙的前台Sue，头也不抬地接着米歇尔的话说："天啊！这也太幸福了吧！春色无边都发射到办公室了，你不是去度蜜月了吧。"

在Dennies第二次与葛薇星见面之后，HU就未再就侵权一事与AK有过联系。最初AK也颇为困惑。约在HU原订的新闻发布会时间过了一周之后，AK收到HU的法律信函。似乎HU打算径行以法律途径解决。AK分析极可能与SF对他们的诉讼有关。

AK经过与律师的研究决定暂停Nicle所有工作，并快速趁其不备的进行求偿保全的措施。经查Nicle名下有房产是在郊区的大别墅，家世显然显赫。她的父母在年近半百才生下她，她的所有兄姐全在海外并且几乎年长得够当她父母了。

在Wendy主持Akiens与葛微星与律师都参与的会议上，葛薇星委婉地提醒Wendy出勤状况极差的米歇尔可能与Nicle有特殊的交情。Wendy听了说："你的意思是她们是同性恋。你这么说回想起来肯定是了。"

葛薇星有些急得说："我没这么说！只是提醒你工作上有可能的风险。"

Wendy说："你说对了。一点都错不了。上次米歇尔无故旷职三天Nicle正好请假。米歇尔回来之后她们俩几乎随时黏在一起。"Wendy 一直以来都很忙加上办公室人缘差，又是人事管理部门，自然更不受欢迎，最佳的情报渠道袅袅只怕她自己从未善用。

其实她还没注意到Nicle身边随时还跟着那个新来的前台。如果光说谁与谁黏在一起，就是有什么关系只怕是不够客观了。

Wendy先让Nicle停职。配合律师在冻结了Nicle名下的不动产之后。Wendy按着Nicle人事数据上的地址去了她家里。那是一个高档的小区，电梯来到顶楼，显然Nicle不在家。出来接待的是Nicle的父母，一对七十多岁衣着光鲜亮丽，眼比天高的老上海。对上高调的Wendy也占不了便宜。

这对老上海显然还不知道他们买在Nicle名下的房产遭冻结，Wendy也没说。她们在Wendy表述来意前也不知道自己的宝贝么女已遭停职数日了，因为Nicle今天早上仍准时去上班。他们心中的孩子，聪明、出色、极其优秀，有独特的时尚品味。是许多公司积极争取的高端技术人才，也是现在公司的大红人。在近期媒体诸多报导与宣传的一个新产品就是他们宝贝女儿的杰作。

他们几乎是把Wendy连轰带撵扫出来的。他们不分先后的抢着对Wendy说："你这个没教养的！不入流不要脸的！下贱的女人！你是疯狗乱吠啊！我一定告你，我会告倒你们公司的。"

Wendy又岂会客气："你们老糊涂了。不分青红皂白的。自己看看吧！难怪教出什么样的孩子了。"

"女不女男不男的，同性恋还当宝贝！"Wendy继续不甘示弱的说。

显见无意却直捣要害，踩了人家的痛脚与忌讳，两老听到这儿直接发狂，原来是保守激进派。老先生拾起鞋作势要扔Wendy，一张涨红了的脸就似马上要中风的模样说："疯狗！你胡说些什么。"

Wendy自觉占了上风有些得意的说："不只是我们副总英明发现，我们也都看得出来。你们自己的女儿还装不知道吗？"

换了发型之后，常请假或不请假就缺席的米歇尔首度来到葛薇星屋里。葛薇星见着她总是莫名的心疼，她倒不是对同性恋有意见。而是那个从晨光中走来的容颜与笑容，对照此刻憔悴黯哑浮肿的模样让她总是心疼。葛薇星一度怀疑自己眼睛有问题，她觉得米歇尔的脸面有些扭曲变形。此刻的眼神更是无光并蕴含让人不悦的感受。

葛薇星倒了水给米歇尔，忍不住首先说："你还好吗？"

米歇尔说："我刚来的时候是非常喜欢你的。我欣赏你，把你当偶像，没想到你是这样的人。"米歇尔越说越显愤恨。原来令人不悦的眼神此刻终于清晰可见是气愤与怨恨。

葛薇星听得满头雾水，她说："米歇尔，我不明白你为什么这么说。你是不是有什么误会了。"

米歇尔说："误会？你对Nicle的父母做了什么？"

葛薇星听到这儿更是替米歇尔心疼，她说："米歇尔，你的身体状况与工作状况都有大问题，你知道吗？如果对你是好的，是正确的，那么一切不该是这样的。"

米歇尔说："你太假了。自己得不到，就中伤别人。"

葛薇星听了更胡涂不明究竟的说："你说我中伤谁呢？我不明白得不到什么啊？"

米歇尔说："你跟Nicle的事我早就知道了。Nicle拒绝了你，你就瞧不起她，处处刁难她、中伤她。最坏的是还让Wendy去羞辱她父母，她的父母年纪都这么大了。"

葛薇星听到这儿真是晴天霹雳，她几乎不知如何说明：

“米歇尔。你真的没把真相搞清楚。Nicle是怎么跟你说的？Nicle拒绝我？我让Wendy去羞辱Nicle的父母？”

米歇尔激愤的接着说：“你太老了，而且当时Nicle心里已喜欢我了。”

听她说到这儿，葛薇星打断她说：“真相与事实你显然没有弄清楚。你必须客观一点，我没让Wendy做过任何你说的那样的事。所有工作上的事你可以多方交叉求证。至于Nicle拒绝我，你可以跟Nicle一起来大家当面对峙。另外，我再很明确的告诉你，我只喜欢男人，我喜欢的那个男人是个很有男子气概很强壮的男人。真相是什么Nicle自己很清楚。”

“果然不出Nicle所料，她早就料到你会说可以当面对质了。你太奸诈狡猾，真够狠了。你离间不了我们的。”米歇尔说。

小杜正式离职了，遗缺待补，葛薇星除了找Wendy进一步的沟通。她还非常郑重的建议Akiens：产品部一定要有主管。Akiens需要有专业强的副手，技术的管理能力更重于技术的开发能力。她同时建议包含产品开发日志等，AK的产品部应向同业借镜管理技术。

葛薇星说得委婉，她心里认为Akiens对技术管理的意识还待开发。Akiens是优秀的技术人员，但不是出色的技术管理人员。产品部的人才养成与技术资源的整合以及管理，不仅没跟上AK这几年的发展，其实也没太多进步，更没有借着公司获利打下良好基础。尤其全无为将来与长期发展进行有计划的投入。这将大大限制AK的竞争力与日后发展。

Akiens听完葛薇星的建议，一如过往没有任何表示。他对自己技术的掌握，一直是非常有把握或说是最为自信的。这几年卓越领先的经营绩效，与这次他亲自主导的新品上市的成功，近期媒体对他的狂热追逐，几乎相关财经管理专业的媒体都报导他是最佳经理人。这近十五年来，他对企业的经营管理已有相当心得与经验，他认为自己的诸多思考不是一般人能理解的。

有媒体报导了HU难得的出现亏损；有报导SF对HU提告的事件，内容既不深入也不详尽；陆续一直有些许HU的负面新闻但都不集中也没有追风，因此若不存心关注一般不太引起注意。显然HU有能力在媒体活动。HU新的经营者也许经验不足影响力却不小。

在AK收到HU的律师函之后不到半年，Dennies约见了葛薇星。

Dennies向葛薇星表示他的老板认为经营HU外行又耗时费力，不如把精力时间投入专事投资的本业，因此有意将HU的股份出售。想来也是停损，葛薇星这么分析。

原来凌霄的独子凌珺投资互联网媒体长期亏损向Dennies的老板借了不少钱，包含凌霄也以HU的名义向银行贷款。凌霄最后因无力偿还银行贷款遂将HU的股份出售给Dennies的老板。清偿了凌珺的所有债务，HU的银行贷款则由新入主的经营方概括承受了。

Dennies对葛薇星说："我老板的实力你可以去打听。我首先找你谈是欣赏你的才干，相信你的为人与专业。"

葛薇星自然明白Dennies的意思与考虑。保密对HU攸关重大。一但消息走漏，HU将面临市场很大的冲击。回款、发货与销售都会受影响；供货商与第三方也极可能动摇；公司内部人员也会人心浮动。不仅重创HU的运营，也影响股权交易的价格，新经营者也将面临更多的经营风险。这会增加交易变数与大大提高交易前后不可控的损失。

葛薇星马上将讯息反映给Akiens。

虽然葛薇星未曾预测过Akiens的反应。但是Akiens的反应大出意料。

Akiens说："你马上安排我见Dennies。"

葛薇星犹豫了一会说："您一开始就直接出面对谈判不利吧。"

Akiens说："不会。你马上安排，要最快的时间。"

葛薇星充分感受到Akiens志在必得。

纵然葛薇星认为这样去谈，原有的谈判优势尽失。但是Akiens都已坚持了，她也只好马上约了Dennies。

葛薇星在电话里对Dennies说："我老板已定了出国的行程，我想这个事谈与不谈都是越快越好。我帮你约了我老板了，你是不是请你老板一起出来。这样事情进展起来会明快些。”葛薇星借故Akiens即将出国，她总不能让Dennies意识到Akiens购买的决心。

Dennies告诉葛薇星：“我可以决定一切。我老板不会出面的。”

就这样，两个小时之后。葛薇星Akiens与Dennies三个人见面了。

几乎才坐定换了名片Akiens首先就开口：“你们多少钱要卖？”

Dennies一时错愕。葛薇星也是一惊，马上抢着说：“我老板是从HU出来的，不仅与凌总一直保持很好的关系，对HU的业务与状况也很熟。一方面是出差在即，一方面也是诚意。如果您期待的报价是AK评估有能力承接运营的，那么细节再谈。报价如果相去甚远，那就可以快速给您一个回应，也不耽误您的时间与机会。”

葛薇星放慢速度接着说：“相信以您的专业与经验您充分了解，我们需要衡量承接HU的成本，是不是我们有能力在HU的运营里回收。如果超出我们的运营能力，那么再低的价格也是必须面临亏损。当然我相信您一样也会考虑HU交在谁的手上的价格是最有利的。”

听了葛薇星一番话，Akiens一如过往的腼腆，没再发话。葛薇星于是放慢说话的速度，有意进一步的开始掌握谈判的进行。

这时Dennies才得空招来了服务员，三个人分别点了茶、咖啡与果汁。

Dennies清了清喉咙说:“这么说你们是有预算啰!”

葛薇星说:“那倒是没有。”

Dennies说:“不用客气。说来参考看看嘛!”

葛薇星说:“真的没有。”

Dennies说:“没关系。说来参考参考。你们都是业内专家一定有你们专业的评估。”

Akiens似要开口,葛薇星马上抢着岔开话题:“可以冒昧请教您这边是以什么样的价格买下多少HU的持股呢?”葛薇星印象中,来自扬升的说法,Dennies的老板是以极低廉的价格自凌霄取得HU的股权的。

Dennies笑着说:“HU的价值与我们当时收购的价格无关。如果今天HU的价值低于我们收购的价格,相信AK也不会用我们收购的价格来承接是吗?”

Dennies接着说:“倒是我该告诉你们,我们除了买有凌总这边他所持有的全部股份,还收了一些员工与外面零星的,总计持有HU89%的股份,可以全数出售给你们。或是买下整个公司我也可以处理的。”

葛薇星接着说:“今年整个的亏损状况如何?”

Dennies听着脸色略变,有些意外,马上接着笑笑说:“结算到目前是亏损一毛钱。”

葛薇星说:“那全年预估会亏损多少?”

Dennies说:“全年预估不会超过一毛半的,我们已加强对业务单位的管理与要求了。”

葛薇星为稍卸Dennies的心防，故意说：“那还好嘛！比外界预估得好多了。”

其实葛薇星根本不知道外界有何预估，问起HU的亏损也是她有意藉此挫折Dennies报价心态，另一方面试探他HU的亏损传闻。

葛薇星接着说：“SF告HU的官司现在状况如何。”

Dennies侧身转过来看着葛薇星，端出自信的笑容，一副你情报真灵通的表情说：“我们会把这个问题解决的。”

葛薇星说：“是的。那问题应该不大。您千万别介意！我只是不知道随便问问。”

葛薇星接着说：“您这边是不是给我们一个报价好让我们评估。”

Dennies说：“你们说说看你们的想法嘛！没关系的，只是个参考。”

葛薇星说：“我们确实没有数字，并且那样也太不实际了。您这边有您的成本以及您的考虑。请您提供您的报价我们来评估，这样可以缩短这个案子进行的时间，相信您在打电话给AK之前早有评估与腹案了。”

Dennies说：“你们说说看你们能接受的价格嘛！没关系只是个参考。”

葛薇星说：“确实没有过那样不切实际的想法。您也知道，您不就半天前就这个案子跟我联系。您直接给我老板一个数吧！这样事情进展起来会迅速明确。”

Dennies说：“好！报个价给你们吧。21亿5千万。”

葛薇星不希望Akiens发话紧接着说：“HU目前净值是多少？”

Dennies说：“大约是18亿9千7百万。如果加上商誉你们可以想像这个价格太便宜了。”

葛薇星说：“目前年营收是多少？”

Dennies说：“今年预估是38亿应该可以达成80%没问题。”

葛薇星说：“毛利有多少？”

Dennies说：“有接近30%的毛利。固定费用大约是8亿多，工资近2亿。这些数字一旦有进一步需要，我们签了保密协议之后我会提供出来的。”

葛薇星又说：“目前有多少员工？”

Dennies说：“这我的回去了解一下。”

葛薇星说：“对不起！是否可以再问个问题，库存价值与平均库龄？”

Dennies说：“库存大约有12亿多，平均库龄我得查一查。待会儿回去我会给你电话。”

葛薇星还刻意有一搭没一搭的，先后间歇问了应收应付账款的情形，她有意让对方将心防降至最低，并表现保守的买入意愿。最后出奇不意的说：“谢谢！我们会评估并尽快做出确认的。”

Dennies说：“下次什么时候联系。”

葛薇星说:“一周之内一定回复。您看如何?”

Akiens被葛薇星刻意阻断发话之后，就如过往的惜字如金直到告别Dennies前，礼貌性的说了一句再见。才刚走出咖啡厅都还没上Akiens的车，Akiens就对葛薇星说:“马上签约这个价格可以买。”

回到AK，葛薇星直接跟进Akiens办公室。葛薇星说:“那边的营收还是比我们高出很多。毛利率与净利倒是都比我们差许多。不知道主要的费用结构与工资结构是怎样。”

Akiens说:“我对HU太了解了。那些都不是问题。HU到我手上毛利与净利马上可以赶上AK的水平。两边业务人员与行政管理一整合更省。HU多年积累的品牌影响力与通路会让AK如虎添翼的。”

葛薇星说:“那SF对HU的诉讼呢?”

Akiens说:“HU是龙头老大，早就一直被告或告别人，那一点不算什么。并且买下HU，Nicle的案子就不怕赔偿了。如果加上免除这个案子的赔偿损失与保全这个案子的获利那等于又打折了。”

葛薇星清楚的知道Akiens势在必得，他非常自信自身对HU的了解与把握。葛薇星知道说再多都无用。并且也没太多时间让她做研究与准备，再多说什么也是无益的。最后葛薇星只说:“请给我一周时间，我希望八到十亿成交。”

Akiens说:“不可能的。不可能的。你只会把机会搞砸的。”

葛薇星说："他们的库存确实太高了。"

葛薇星没说但心里想着：我赌一赌，赌他们想停损，赌他们对这产业不熟恐慌，没耐心经营想退场。赌他们也许买得很便宜。赌他们赔得起，赌他们评估过自己的机会成本，也赌Dennies的外行与美式作风的思维惯性。

Akiens说："你这太天真了，不可能的。"

葛薇星说："让我试试吧！我约他明天，您听听我怎么跟他谈，您给我一次机会。如果您看我的谈法没机会，您可以马上接手直接完成这个案子。"

Akiens没说话。葛薇星当场拨了电话给Dennies，她告诉Dennies还有细节需要进一步了解才好汇报给董事会。葛薇星无非是找借口见Dennies，双方约了隔天下午三点钟。

葛薇星走出Akiens办公室前Akiens对她说："你帮我联络扬总请他约乐山，我们如果收购HU真的需要资金了。还有帮我把财务找来。"

听到让她打电话给他，葛薇星瞬间非常高兴，她就这样藏着满心的喜悦一路走回办公室，整理好心情打电话给他。

Akiens与葛薇星再度与Dennies见面。

葛薇星说："您这边是不是已有员工知道，您这边由于亏损有意出售呢？"

Dennies说："不可能。"

"您大概也知道我们董事当中有跟DR高层关系密切的。有消息说你们的业务高层与DR有接触。"葛薇星说。

葛薇星接着继续说："如果您的库龄如您昨天提供给我的参考数据。我们认为库存价值最多都只能算三亿，超过了我都无法取信董事会。我想您应该很清楚这个产业的产品周期也就短短几个月不会超过一年，超过九个月的库龄或库存周转率，其价值您心里有数。在加上库存实践销售与回款的费用，我们认为您实际上的净值与账面上的差异颇大。当然这只是初步根据您所给的数字估算，实际状况得看到具体书面资料才客观。"

葛薇星接着又说："我们这边在您所提的基础下，评估了我们有能力经营HU的成本是8亿，非常冒昧与抱歉与您的期待差异甚远。"

Dennies满脸低沉地说："这差异未免也太大了，我觉你们太没诚意了。"

"说真的没诚意不会这么快再来谈，没诚意不会出价不是吗？我想我们的差异来自于对库存价值的认知。这个部分是可以依照产业实际状况有效评估的，不是您或我在这儿说了算的，只是需要花不少时间。"葛薇星说。

葛薇星接着说："还有一点很冒昧要请教您，这个案子您在与AK接触前或这同时是否接触其他对象？"

Dennies说："我不可能这么做的。"

葛薇星说："那就好。我们老板的意思是如果消息已经出去了，我们就没兴趣了。"

Dennies说："这话怎么说？"

葛薇星说："抱歉，我认为既然我坐在这儿，那么有什么说什么是我最大的诚意，希望您充分了解！"

葛薇星又说："我老板是HU出身的想必您也知道，他对HU是有感情的，因为真心有诚意要购买，所以我们就直言不讳，请您多包涵，别介意。"葛薇星继续说，"我们希望是真买回有价值的HU，不是拖着或与您瞎谈，不稍几日就把HU谈糊，搞臭了。"

葛薇星接着说："消息一旦出去，对手公司一定会趁机在通路商之间有各种动作。通路商之间，对之前凌总的事就绘声绘影的，想必您应该知道，并且似乎已反映在业绩上了，这一来业绩的下滑速度越来越快。这次再有风吹草动，HU这多年基础只怕毁于一旦，内部员工的人心浮动不说，马上面临的可是退货风波。退货、发货来来去去的货运成本不说，货架上缺货没有销售的损失与消费者的品牌忠诚度转移，还有经销商的信心丧失，就算不在意回款，这些运营基础的损失还真难以预估，HU的价值也所剩有限。那么再低廉的价格买HU的意义何在？"

Dennies叹口气说："这个价格我们没得商量了。"

葛薇星说："那谢谢您了。真的非常抱歉。"

离开与Dennies见面的咖啡厅，葛薇星这次比Akiens更急着先说："Akiens您先别急。给我也给AK一个机会，我未必没机会在八亿到十亿之间成交的。等一两天真不行就照您的意思，我相信他确实还没跟别家开始谈。"

Akiens说:“你怎么知道DR跟他们业务高层有接触。”

葛薇星说:“我确实不知道,当先帮他预想,只是我瞎猜胡说的。我赌他外行。从头到尾都是赌他外行。他不懂库存价值到底是多少,更不可能去进行库存价值鉴定的,这一鉴定还没鉴定完就毁了,这他很清楚,毕竟HU销售业绩下滑又发生亏损,一年不到二次易主,光市场流言就足以让HU重伤难愈,如何都被买方低估实际价值的。”

Akiens又说:“市场上已有关于HU易主,凌霄退出的传言吗?”

葛薇星说:“凌总与业绩下滑有没有关系我不知道,就目前市场上的反应,肯定是完全不知道凌总与Dennies的事,这从凌总的低调,与您之前与凌总电话联络的状况,我想您应该比我更了解。至于以现今HU处于亏损状态,一旦HU要出售的消息传出去,他们面临的危机不需我说他是清楚明白的。”

葛薇星只是没说如果不是你Akiens给我压力,那么我会开个7亿,耐心等他痛苦的挣扎几天,最多再来个8亿快速成交。现在开8亿意味着是从8亿起价来谈了。

第二天Akiens问了葛薇星七、八次Dennies可有来电,又说还是我们主动打去问。葛薇星安抚的拖到隔天下班,心里也有些被Akiens催得小有担忧了。她允诺Akiens第三天中午前给Dennies电话。第三天一早Dennies先来约了。

Dennies要求加价如果有谈的空间就签保密协议,开出保证金让AK进行实审。几番协商不到半个小时Akiens主动开出

10亿，Dennies表示需汇报老板再予回复。葛薇星对Akiens出价太快心中可惜。只对Dennies说加价是希望快速明确以保全HU的价值，因此请HU两天之内确定。否则AK就放弃这个案子，现在外面小道消息流窜，每过一天HU的价值就一日一日快速递减，总不好两天后再降价，那就太没意思了。

就这样两天后HU与AK双方在律师楼签订了保密协议与买卖意向书。

Akiens从没有那样喜形于色的高兴，没人知道那是Akiens从不曾想过的，真的是梦想。HU不仅是业界的龙头老大，在他心中从留学时期开始那是一家高高在极上极上，梦幻完美的公司。

为了这个收购案，葛薇星请教了不少MBA里总裁、老板级的同学与老师，也收集参考很多国内外案例，对她而言正好要藉此学习与累积实务经验。

除了有会计师与律师协助，葛薇星特别注意了风险揭露与SF的诉讼损害风险的承担责任。原来HU在Nicle案转为低调是涉及Nicle极有可能也把在SF任内的产品带到HU，并且很可能与AK发的那支产品有关。

协议双方议定，如果SF胜诉，求偿支出超过Nicle在AK那支产品销售所得的部分，均由Dennies他们所代表的公司负担，并保留最后一期的交易款即成交价金的百分之三十为担保。诉讼若逾三年取回现金改以期票替代。

AK收购HU的谈判与成交极其迅速与顺利，这个案子在

AK董事会的必须会议几乎形同虚设，为这个案子召开的董事会更像是聚餐与庆贺。

为收购HU而进行的乐山增资案，倒是让Akiens花了一些时间对股东间个别协调与疏通，并且他个人可能也有些股权让步。总算也是非常迅速的让乐山以增资方式投入AK8亿，取得AK15%的股份。一切顺利、迅速，真正的困难却才揭序幕。

新来的市场部经理特意高调的为Akiens筹划了新闻发布会。Akiens自然非常乐意见媒体，更有意在市场造势。虽然葛薇星不表赞同，但是包含Shelley、景观大家都非常期待与兴奋。

AK新闻发布会时间还没到，现场陆陆续续来了不少人。刻意低调站在门边角落的葛薇星，连着听见几声葛薇星！很自然的应声转身，一个满身白色蕾丝连身裙的女子说："你就是葛薇星？说着同时早已举起手，眼看一个巴掌就要落下。"Akiens不知何时已来到旁边，顺手抓下对方的手拦下。葛薇星满脸错愕的看着Akiens掩饰着其实硬施力拉下蕾丝连身裙女子的手一同离开。这时Andy也上来对蕾丝女子说："你真的误会了啦。今天人多别闹笑话了。"显然Andy也熟识蕾丝女子，随后Andy先带着蕾丝女子走，蕾丝女子极不愿走地说："怎样！难道我不够资格来参加吗？"葛薇星看Akiens与蕾丝女子的互动，直觉这位蕾丝女子很可能是老板娘，葛薇星才惊觉到AK这十年倒是未曾见过老板娘。

Shelley靠上来之前，葛薇星听见门外的前台Sue说："瞧！她早晚有这一天。"另一个窃窃的声音，葛薇星稍一会儿反应过来是袅袅，她说："你知道是什么事啊？"Sue说："她每次都跟老板一起出差。每次都搭Akiens的车，你自己上网去看就知道了。"袅袅说："那个早就不是新闻了啦。"

葛薇星听到这儿，Shelley已来到她身边故意大声说："小人祸乱，得志不了多久的。"Shelley接着凑在葛薇星耳边说："我已帮你报警了，先别打草惊蛇。我老公一帮同学好几个当公安的。他们已掌握一些线索了。"

葛薇星说："互联网是怎么一回事？"葛薇星心想：居然Shelley都报警了，是什么难堪要紧的事吗？自己怎么都不知道。

Shelley瞪大眼睛吞了一口口水又吸了口气才要说，葛薇星不耐的看了一下手表还有十分钟发布会开始，她才作罢，决定等发布会之后再上网。她重新盯着Shelley，Shelley 说："有人胡说你跟Akiens怎样怎样。但是我有帮你澄清。不只我，还有几个化名的人，不知道是谁的，也都帮你做了像你说的那个'平衡报导'。"

发布会一结束，葛薇星径自就近在发布会场地借了计算机上网，却什么也没找到。她拨了电话问Shelley，Shelley直接走过来找她，Shelley只好上网帮着找，才发现似乎网上相关讯息均被关闭了。

葛薇星追问之下得知，有人在互联网上说她是靠与

Akiens的不正当关系才一路高升。还有她上、下Akiens车的照片，文字说明刻意夸大，煽惑的意图极其明显，但是照片没什么可看性与说服力。

Shelley说除了有她还有其他不知是谁的澄清与平衡讯息。Shelley觉得几则平衡讯息极可能包含Andy发的，因为其中提及包含国外出差的部分。Shelley孕期她知道Andy多次与Akiens、葛薇星出差。虽然葛薇星没提及Andy与Akiens会有公务后的夜生活与活动，更没提及泰国遇麻烦事件，但大部分海外出差的细节葛薇星都会与Shelley交流。

葛薇星心里是非常气愤与沮丧的，显然Andy 、也许还包含Akiens早已知情，甚至老板娘是因此有所误会的。公司内内外外不知有多少人看了这到底怎么样的内容，会令老板娘特意来这重要场合发飙。想到他，她又是气极生恼，不知道扬升是否看了又会做何想法。

Akiens除了以专业技术出色，他更是以严控支出与高效的毛利自豪。他非常不认同HU的许多费用与过高的工资。除了产品开发部门完全不动，Akiens计划将两边的业务单位与行政管理单位整合。他估算如此马上就能让HU损益两平，就算短期HU下滑的业绩未能马上回升，他很快的把HU的毛利调整到AK的水平，HU也很快得以转亏为盈，获利有可能会比以前更好。至于HU营收下滑还得再深入了解原因。

HU的员工工资相较AK相同岗位员工的工资，普遍高出近20%到30%。悬殊非常大了。就是葛薇星与Wendy 的工资对照了HU相当的职务与职级都差了一大截。Wendy一看到HU的工资表就直接先找Akiens谈判了。

葛薇星认为双边贸然整合除了面临工资差异与企业文化的磨合，在市场上品牌区隔的问题更为复杂，极有可能一加一不会等于二。不如暂时控股，只进行细部整顿与协助，两家公司各自竞争与适当合作。只要两方的市占率可以各自增长并保持获利。双边市占率加起来要能超过总的市场的一半以上，那也算掌握这个产业了。

Akiens这边与葛薇星正在开会还没个结论，Akiens接了一个电话后便匆匆离开，他让葛薇星等他。她等了整天直到第二天中午了Akiens才满脸倦容的进了办公室。

Akiens一进单位即找来葛薇星，显然对葛薇星的意见极其不耐烦，他倒还是客气的对葛薇星说："AK上上下下再没人比我对HU熟悉与了解的。"

AK这十几年的成功经验让Akiens更有把握一旦让他拥有HU，他可以把HU经营得更好。自从有机会收购HU开始，Akiens一直是这么想的。

Akiens很快将HU的财务部与人事行政部门与AK进行合并，但他仍接受葛薇星强烈的建议，让业务单位先缓一缓，以免一时变动过大。葛薇星另外也建议如果是这么考虑，不如设立总管理处或直接成立一个集团运营管理中心。

由于AK原来财务部人手就不充裕所以HU财务部的人就全留下了。HU的财务部最高主管无论年资、学历、经历，目前的工资与双边整合后的职级均在AK原来的主管之上，财务部其他人员大致也如此，因此问题不大。只有AK原来的主管，虽然至少短期之内，显然实权仍在自己手上，但是自己加了个主管。形势比人强，心里多少都是不舒服，但也是放在心里。

人事这边Wendy可不吃这一套了，她认为自己的学历与专业优于HU的人事部最高主管，不仅要求自己仍是最高主管，并且要长工资。

HU原来的人事部最高主管兼任了行政管理的最高主管，一看就知道是凌霄的旧臣。早年Akiens学生时期他们就算是同事了，其年资与工资可想而知。Akiens无论基于浅薄的私交，或是考虑他对外发表意见的态度，特别是攸关HU内部的稳定性，以及HU人员看待双边整合过程中管理职的起落、上下是否公平、合理等，Akiens都有必要礼遇他的。虽然所谓公平合理的基础并不真的有标准存在。实际上多半是具影响力的少数人利益分配的沟通协调，并且也都靠台面下的运作而来。

因此不仅不宜委屈HU的人事主管在Wendy之下，Akiens只怕还得心疼的象征性的调涨他的工资。还好是长了他的工资就更好操作在HU减人。Akiens盘算HU那边原有的人手加上AK这边四个人，一共至少要减少四个人目标甚是减五到六个人，这样就非常足够负担AK与HU的人事与行政管理工作了。主要是他认为HU那边原就用太多人了。Wendy这边倒是同意整并工作告一个段落后Akiens再与她深入详谈。Wendy 心里也想透过这次整并的表现，自己将有更好的筹码与Akiens谈判工薪待遇。

葛薇星的意见仅被采纳保留市场部分组运作。Akiens坚持将HU与AK业务单位进行整合。最高主管自然是Shelley。原HU的业务主管，Akiens以私下给予公司股票的方式成功挽留担任Shelley副手。双边业务人员加总预计约将裁去30%的人。

由于AK市场部向来战功彪炳，自然由AK这边担任最高主管，分HU与AK两组，除此几无异动。

产品开发部门，AK 将导入HU的技术管理模式，人员则全无异动，产品分别各自开发，由HU的主管担任最高主管。

HU过来的行政人事最高主管仍任双边整合后的最高主管。即便Akiens忍痛的予以调涨了10%的工资，Wendy还是气愤不满地提了辞呈，葛薇星觉得可惜并与Wendy同感意外的Akiens竟无慰留。

葛薇星仍任Akiens以下双边整合后的最高管理职，HU在凌霄任内并无副总，后来Dennies的老板入主，Dennies也就挂了一个特别助理的职称。葛薇星工资也无异动，相较于与HU过来的行政最高主管仍更低。她虽曾有期待但也不致失落，她也明白工资相对于一个企业就是成本与价值。再长，她的价值一旦不够相当，那么也意味同样的代价，老板可以有不同或更多的选择，与其把自己吊高了来卖，不如对老板实惠来得安稳。

涨工资是技术更是艺术，要在老板容忍的范围来到极限。许多人不实际地涨工资，遇到市场出现状况或企业遭逢困难，那么极可是失业的第一批，裁员嘛！从贵的与替代性高的优先。

AK与HU的整合，存在于双边员工的复杂状态，决不只是几家欢乐几家愁的局面。

Shelley自然是为升官喜悦，再加上深入HU的业务资源对她这个老经验的业务，是收获匪浅，不若葛薇星的忧心。葛薇星与Shelley交流她的顾忌：来自HU的业务人员是否有归属感？关键在于能否有被重视或受到热诚以待与至少心里认同被公平以待，这会影响工作质量与士气，尤其是向心力。其中的优秀人才极可能面临对手公司趁隙挖角。

AK这边工资相较HU为低，早晚瞒不住，其实早晚要面对不如主动调整与沟通为好。葛薇星认为Akiens采取隐瞒实是下策，这会对员工失去诚信，必定动摇向心力与工作热诚，也是极容易招致面临有些人不平或失望离开与跳槽的局面。

当然葛薇星作为一个曾为企业主的女儿，她也猜测，也许这正是Akiens的目的。让有些人自动离开，私下再主动以好的条件拢络与挽留优秀人才，虽会有短暂的慌乱但这是不流血的革命，也是看来成本最低的裁员方式，终究是不是真的有意义的省了企业的支出，是否值得采取这样的手段达到整顿的目的，葛薇星也很期待学习。这个部分的疑虑她也就是自己想想没对Shelley提起。

葛薇星与Shelley也交流了市场风险的部分。葛薇星表示："我如果是对手公司，一定快速的在经销商当中放风声，HU与AK是同一家公司不该占两个平台与架位，尤其产品大致雷同，我会藉此炒作雷同的产品摆放太多，消费者会觉得店家产品丰富性不够。"

说穿了就是削弱对手的陈设面积与双品牌的印象。因此一加一是否等于二或大于二，操作技术事关 紧要了。这是这个收购案在Akiens采取几乎是合并的模式下，企业文化与工作人员的磨合之外成败的关键所在了。

Shelley听了大表惊叹："Grace！你真是十年有成，我早知道你有今天。但是完全想象不到是这样的。看来读书也不是全然无用，你的努力让学习发挥成效了。"

葛薇星说："这都是我自己预期可能面对的状况，其实不难站到员工或对手公司的立场去想象，一点都不稀奇。这样的并购经验我也没有啊！很多我们没预测到或想象不到的各种发展与状况都随时可能发生的。"

葛薇星说到这儿才体悟到，原来企业或Akiens都在付出代价与承担风险，也许买得成功的果实，也可能是买入失败的经验算做下次成功的成本。

葛薇星深知自己在其中是必须小心可以全身而退，无需负担风险却得到学习的宝贵资产。这用“一将功成万骨枯”形容并不适切，但她首先浮想的就是这个词。难怪有一说：撑下去，只要不消失，就能等到再起的日子。

企业就要滚石不生苔，求新求变，不怕改变以及改变所相应一定程度的风险。她想到她的父亲却是跌在为人作保，以及没能屈身舍利的求援。当年如果父亲能及时放下身段求援或是舍利断臂求生，留下来，只要留下来没出场，撑下来总会有机会再起来的。

AK在完成了对HU的收购与股权结构调整之后的首度董事会，葛薇星与乐山的代表列席参加了，Andy这边也带着他后面的大股东一起出席。这是AK有史以来真正具有董事会实质意义运作的一次董事会，也极可能是一个变革的起始点，只是一如很多状况往往要在历史里才看得见意义。

预定董事会之后，紧接着股东会改选新董监事与董事长，并随即由新任董监事召开董事会，这样仓促的安排，是由于过往每次都是这样进行，并且都是了无新意般的迅速完成。然后大家像老朋友聚餐似的吃饭叙旧，交换着留学时期的几个同学近况倒更为精彩。

AK长期一直就是这几位轮换董监事，创立初始他们也不在意是否担任董事。他们对AK的关注始于这近几年AK营收的成长与日益可观的获利，尤其是在媒体密集曝光之后，

AK俨然是产业明星，一个深具想象远景的明日之星。

董事会上Akiens对整个收购案与长期的运营计划以及收益做了说明，基于Akiens绩效良好，也可能是几位董事其实未曾真正关注与涉入AK的运营，没人提问或有意见。很快地接着开股东会，改选新任董监事。

新任董监事除了乐山取得董事监事各一席。Andy不再是他岳父的投资公司的代表，改由Andy妻舅叶琛山代表。并且原先登记在Andy名下为数不多的股份，也移转至他在学校的一位同事名下，Andy的这位同事肖坤Akiens也认识，他们都是在美留学期间的旧识，只是Akiens向来少有交际不似Andy与大家都是交情匪浅。显然肖坤透过Andy取得Akiens的慷慨支持也获得一席董事席次。

董事长自然依旧是Akiens。新任董监事旋即召开了董事会并授权董事长任命Akiens为总经理。新任董监名单出现了AK创设以来首次的异动，董事长与总经理仍由Akiens兼任。

这份董监名单异动是AK创设以来首次出现，同时也出现新的大股东。董事会、股东会等开下来时间虽不算太长，也是历来最长的一次了。

当一票人开完会走出AK大会议室，公安正等着Andy。借用了Akiens的办公室。公安在查互联网上散布不实消息毁人名誉的案件时，意外查获Andy的信用卡遭盗刷的案子。

Andy约在三个月以前曾报案，他的信用卡遭盗刷，共计三笔合计是9万8千元。公安先确认了Andy的身分与遭盗刷的经过，接着问了Andy几个问题："你认识一名年约26岁叫苏素的女子吗？"AK的前台Sue也是这个中文姓名。

Andy稍有停了一会儿便答："是的，我认识。"

公安再问："你是否授权同意让她以你的信用卡消费？"

Andy说："没有啊。"

公安再说："你遭盗刷的前一晚即与这名女子一同入住上海星晨酒店，当晚仍续住。"

Andy一副你开什么玩笑似地笑答："如果你指的是盗刷，那怎么可能，我会报案自然是在不知情的情况下，如果授权同意又怎叫盗刷呢！再说这与我和谁入住有何关系呢。"

公安再说："苏素涉及多起盗刷案，我们不排除你们是共谋这么做的。"

听到这儿Andy 满脸难堪的瘫在椅子上不发一语。

Akiens说话了："我的朋友是有社会地位的人，绝不会自导自演这样的戏码，也许交友不慎，遭盗刷确是事实。"

公安表示互联网上散布不实消息，续意损害Akiens与葛薇星名誉的，主要是AK自己内部的两名员工Nicle与前台Sue。

Sue向公安辩称自己没有造谣，一切是Nicle告诉她的事实，她只是如实转述。

公安在查办苏素的同时，意外发现她与多起盗刷案有关。并分析她有共犯，因为发现Andy与苏素长期关系密切，不排除Andy为共犯。

公安走后Akiens对Andy说："你玩归玩，竟然与Sue睡到一起了，她不是老师的女儿吗？"

Andy烦躁不耐地说："她不是。"Andy稍迟疑了一会才低声说，"她是天上人间的小姐，她学生时代缺钱在那上班，研究生毕业了，家里困难也解决了，想有正当工作，我才让她来AK的。"

Akiens涨红了一张脸，显然气得不想再说的样子。

Andy接着说："没骗你啦！是你没搞清楚。上次应征市场部经理那个确实是老师的女儿啦。"

"还好你离婚大半年有了，否则这下除了是盗刷嫌疑犯，搞不好还闹通奸罪。尤其你那个老婆蔡雪苹，可不会让你有好果子吃的。"Akiens忿忿的对愁容满面的瘫在椅子上的Andy说。

Andy说："婚离都离了，你就别再提蔡雪苹了。你自己的状况不也好不到那儿去。我说能不离婚还是不离婚的好。"

Akiens说："难不成你后悔了。"

Andy仍是沮丧，头也没抬的说："一点都不后悔。从一开始就是错的。"

Akiens说："我们都办好手续了，她分走了一半的房产与股权。"

Akiens叹口气继续说："留学时期太寂寞无助了，结婚都欠考虑。我想想算了，她也跟了我快20年了，生养了三个孩子。现在才知道真不该拖这么久。白忍了这些年都错了。一直以来老想着孩子。现在才发现自己带小孩反而觉得前所未有的轻松自由。”

Andy一脸惊讶的抬起头说:“分走了一半的股权!”

Andy停了一会儿继续说:“自己带三个小孩?你开什么玩笑。她不就吵吵闹闹发发脾气,女人都是这个样子的。她是老爱哭闹要死闹要活,但也不是来真的,每次出去不都是自己回来了,放在家里顾着里面,外面照样玩你的,你何必搞成这样。自己带孩子还分走一半的钱。”

Akiens把Wendy找来。大致的状况Wendy在公安见Andy之前审讯Sue时她都知道了。Akiens一找她,她心里早有数就是要处理Sue的。她暗暗得意,当初Andy把Sue的资料给她时,她根本不想用要用Sue。后来Akiens打了电话给她,她也向Akiens表达了她专业的坚持,她不想用这样气质水平的前台。Akiens当时还极其不耐烦地就抛下一句:“你听明白我的话吧!”

新人靠体力,老人靠人脉,青壮期是握手期,
不断握手识人经营人脉,一切都是要努力。

10

经营权易手风波

年终德国的大展，葛薇星建议Akiens以现今AK加上HU的规模，产品部也应派代表参加，分组别赋予工作任务，着重于技术的收集、观摩、研究与分析，并建立每年参展的各家厂商技术走向的数据库。

Akiens以严控成本与高毛利著称，显然非常在意这样的旅费成本，对参加的名单也颇多考虑。葛薇星越来越能理解老板的心态与人格特质反映在运营决策的习性。

多年以后葛薇星才体悟，AK对整并加入了HU，瞬间放大的企业规模没有相应的调整，Akiens以原本小许多的AK的思维去领导，整合后理当扩大数倍以上的规模却没意识大规模的价值与意义。

追求规模与获利存在着多种组合，端视经营者所认同的最大利益为何。这点Akiens显然没有明确的主张，因此最终只是把AK的规模略微放大，折损了HU。

市场部的新主管是业界初崭露头角的熟手，显然Akiens用小杜成功的模式用出滋味了。他工资只要小杜的一半多一点，工资的差异除了小杜资深与一路战功彪炳，还有主因是许多人对时至今日的AK怀抱理想，降价想争取这个位子的大有人在。他提议不需再委托扬升所属的WU公司协办海外展览。以现今AK与HU整合之后的人力与预算可以自己来操办的。

其实AK早在葛薇星还在市场部已能自己来操办海外的展览了。一直以来Akiens考虑的是，不时仍有许多得仰靠扬升帮忙的事，因此一直维持过去极少的预算与合作模式。这次仍保留AK与WU的合作模式，HU的部分则自己来做。

就在Akiens与Shelley带队海外参展期间，留在国内的葛薇星先后接到了堂鑫与DR高层的电话。堂鑫与葛薇星约了一起午饭。葛薇星心里想着："不知道堂鑫对互联网上的种种谣传是何感想。"

堂鑫说："你越来越漂亮了，卷发让你更妩媚。"

葛薇星说："谢谢。"

葛薇星在AK海外参展期间的周末，放了自己一个假，去烫了大波浪的卷发，换去了十几年没变的发型。

堂鑫说："你怎么还不结婚？"

葛薇星笑说："你不也没结婚！"

堂鑫说："不如我们结婚。所有的婚姻都有风险的，我们的婚姻万一失败你至少还能发笔小财。"堂鑫继续接着说，"我家老爷子得癌就剩半年时间，唯一的心愿是看着我结婚，我父母急都急坏了。新娘子还肯定额外会收到老爷子大礼的，这也足够抵得上好几年的工资没问题。如何？你考虑考虑，看看是否冒险一试。"

葛薇星笑着说："你自身的条件这样好，现在又有这么高加值的附属条件，肯定很抢市的。"

堂鑫说："对不起！我太唐突，但绝对是认真，不是随便说说的。不过我应该正式一点求婚才对！"

葛薇星说："真的很感谢你。就算没有附属条件你自身就非常吸引人了。只是我在认识你之前心里已住满了一个人。我没办法放得下，更没办法想象我放下的可能。我其实真的挺喜欢你的，是我的缘分没到。如果你不嫌弃我是真心希望有你这个朋友的。"

堂鑫说："作为朋友你真忍心让我自己去冒这么大的险？"

用餐后分手前葛薇星告诉堂鑫一定要发喜帖给她。堂鑫告诉她，反正都是冒险会很快的，并允诺让她带心上人来看他冒险。

与堂鑫餐后分手葛薇星依约就在附近会见了DR的高层。葛薇星对DR出高价收购她手上极少，相对AK股权集中在Akiens与一两位大股东显得毫不具影响力的AK持股深感不解。倒是那对她而言确实是一笔可观的小财富。

另一则是更令她意外的情报，DR的代表征询葛薇星，对于GE将扩大对国内门市的投入并将委托WU操盘，这对AK门市的冲击如何？

葛薇星在此之前并未听闻GE有此计划。果真如此发展，AK门市业务将与向来资源充裕出手大笔，从来都是一副必成的GE竞争，同时也不排除得失去这个大客户。不难料想GE委托WU操盘确实是明智的首选，加之GE高层与扬升的交情更不在话下了，那么她将与扬升在第一线上成了竞争对手。

Akiens与Shelley一行挟收购HU的气势自海外颇为成功丰收地返抵。Akiens、Shelley与市场部的主管等，每个人都各自沉浸在自己所属的喜悦当中。

葛薇星对于是否掌握HU的核心价值，可真留住HU优秀人才与这些人的认同与向心力，最终双品牌的价值是否能有效发挥而始终忧心。

Akiens海外展览归来，一进办公室葛薇星便急于将得自DR，GE极可能扩大对国内门市的发展信息提供于Akiens。同时更进一步积极地表达，AK与HU应各别在市场上竞争与合作，不应整合到一起了。如欲节省管理费用也许可另成立管理中心，某些物料的采购可联合降低成本。

葛薇星极力游说Akiens，在市场上保持两个竞争态势的品牌，会有较好的机会让效益发挥到最高。Akiens极为不耐烦的焦虑地说:“别再为这个事烦我了。我还有其他事很忙呢！你该做的事是把GE的动向搞清楚，还有想想我们该怎么做。没别的事你就先出去吧。”

葛薇星这是第一次算是被Akiens“请”出去了。她也明白花无百日红，老早有高潮趁势而起；低潮潜藏收敛等待机会，或是该当见好就收的打算。只是一下上来的瞬间仍是低落，这才明白原来知道与做到相差甚远，完全不是同一回事。加上这以来互联网传言一事，也许也包含Wendy的离开或其他，都让她于公于私产生前所未有的挫折与沮丧。她原仍想再说，但被Akiens催促离去，更是自觉难堪地只好退出Akiens办公室，才一开门差点没撞上一个身型凹凸有致体态曼妙的女子，葛薇星确定那是袅袅。瘦了三大圈与换了大波浪卷发的袅袅。葛薇星这才想起隐约似曾不知听谁说过，袅袅去抽脂了。

葛薇星走出来之后，清楚地听见Akiens关上的门里，袅袅一向不小的嗓门急急的说："我刚刚带弟弟看完大夫已送回学校。"袅袅几乎是惊呼的说："我看见姑姑的男朋友了！"

Akiens说的葛薇星就听不清楚了，大约是关心小孩发烧的情形。葛薇星猜想可能是Akiens忙，让袅袅帮他送孩子去看大夫了。

葛薇星与Shelley以及景观，就GE可能扩大对国内的投入正开会讨论。Shelley认为GE一向为大的作风最好先谈妥合作，别正面竞争为好。尤其他们财力雄厚找来WU协力是极有可能，一旦有WU扬升操盘那非同小可。这些葛薇星心里也有数，她倒并不在意。

葛薇星想的是：如此一来她就是与他成为正面的竞争对手了。这是Shelley想像不到的。就在这个时候葛薇星的电话响起，是堂鑫打来的，葛薇星向Shelley与景观示意，便到一旁接电话。堂鑫问了她真不冒险陪他，他就只能自己冒大险了。

没几天之后就见媒体报导金融才子堂鑫将迎娶韩国三C

大厂的千金。照片上是个明星范儿般模样的女子，皮肤白皙的瓜子脸、有着浓眉大眼，一头的长发卷起浪漫的大波浪、身形凹凸有致，显得极衬堂鑫。葛薇星看了，一时分外想她心里的那个身影，特别怅然。

岁末AK业绩依年度计划顺利达成。HU由于并入没几个月与当初Dennies所提的预估大致无异。

就在向董事会汇报营业绩效与提请通过次年财务与运营计划的同时，董事会的成员有了新的异动。WA的小开、Andy学校的同事与他前岳父的公司代表即他的前妻舅叶琛山全换成了DR的代表。Akiens转让给她前妻的股份也被DR收购了。

葛薇星猜测这可能是近期Akiens焦虑的主因吧！DR要求重选董事长，显然是有备而来的，总经理是由董事会授权董事长任命，看来Akiens面临经营权易手的风险。

葛薇星主动来敲了Akiens的门，听得见门内Andy 也在。Akiens正怪Andy："WA何时卖给DR你怎么都没说？你岳父何时把控股公司卖了的？你为何没告诉我呢！"

Andy说："太突然了。我是真的都不知道啊！蔡家那么有钱，实在没必要，我真没想到他们会卖了股份啊！"

Akiens说："那WA呢？WA是怎么一回事呢！"

Andy低调小声的说："外面传WA财务可能有状况。但我一直不相信。”

Andy接着说：“你老婆手上的你不是说会留给你那三个儿子的，怎么也到了DR手上了。”

Akiens铁青着一张脸没答话。如果不是枭枭告诉他，他怎么也不相信他前妻极可能离婚前已有别的男人了。

Andy继续说：“这DR也太厉害了吧！”

葛薇星重复敲了门有几次，Akiens让葛薇星进来。

葛薇星说：“是否尽快联络乐山那边与监察人的意向。”

Akiens说：“就目前已知，DR所掌握的包含蔡家与我分出去的一半，再加上WA小开的就占了百分之四十九了。”Akiens目前所持有的加上乐山与监察人的部分也不过百分之四十六。

听到这儿，葛薇星心里终于明白为何DR会开高价收购她极其微不足道的AK股份了，原来在员工手上的百分之五成了关键少数了，显然DR一定也接触过Shelley与AK其他员工了。

Akiens让Andy去了解他前岳父那边的情形。员工部分Akiens指示调出数据让葛薇星处理。监察人那边Akiens负责。乐山方面Akiens自己处理。葛薇星建议Akiens有必要与DR这边好好沟通一下。就这样经Akiens授意葛薇星出面约了DR这边。葛薇星当场就拨了电话给DR约了当晚。

AK这边一行三人，葛薇星、Akiens与Andy。Andy看似轻松，一如这近两年以来以董事的身份协助公务，实际上是以帮着Akiens喝酒兼交际为名，出入商务场合与玩乐更为实际。对Akiens又何曾不是最佳同乐拍档。这回他倒是正经想帮忙的。WA小开与其前岳父及同事，不声不响地将股权移转，他对Akiens是颇有歉疚。再说他早就没有AK的股权，更非AK董事，如果没有Akiens坐在AK的大位上，他哪来那么多的出差报销、顾问费、交通费报销的福利与停车位等的便利呢，换下Akiens他不仅在AK什么都不是，更没有机会以合宜的姿态出入商务交谊的场合了。明明完全相同的就是同一个人，往往乞丐与王子转瞬间就是地狱天堂，比云霄飞车的速度更快，超越刺激连刺激都来不及体验。

DR这边董事长、总经理都姓黄，极可能有亲戚关系。另外还来了一位执行董事，也是来了三个人，想来是为了避嫌与取信大股东吧。双方来了由AK订的酒店包厢，配合DR的方便约在晚上八点。

Andy与Akiens日间分头进行各自的工作，约好时间很早就由Andy开Akiens的车一起出发了。Andy以往一直是开他前岳父公司里的车还配有司机，离婚了自然就没有了。

葛薇星另称有事直接在酒店与他们汇合，实则是在互联网事件后她不再搭Akiens车了。包括Shelley与他父亲好几次都劝她买车，她确实有必要，也不是负担不起。只是她如何能买车呢？买了车遇上下雨，别人就不需要来接送她了。有了车就不会总在街头有他适时出现。除了工作上的联络，这是仅有的与他见面与相处的机会了。

葛薇星确定Akiens与Andy出发了，便拦了出租车来到酒店门口，还没下车。她就看见对面马路上有一张熟悉的面孔，顶上的毛发更显光亮的部分多一些，稍稍胖了一点但很容易辨识，她满怀兴奋，那是小杜。

小杜正搀扶着一位女子上出租车，那女子腹部拢起原来是个准妈妈。看得出没怀孕前肯定纤瘦白皙，蕙质兰心的气质让人印象深刻，仔细一看却是章绮烟。

葛薇星下车了。小杜也看见她了。街灯刚亮，隔着不算太宽阔的四个车道的马路，悠悠忽忽的，一时也感受不来算不算是许久不见，故事的进展却像是年代已发展久远，有了历史也有了新的生命。葛薇星自己觉得既熟悉又陌生，既热切又冷静，似乎出离于现状与现在的归属，自己是属于哪里？AK吗？她觉得自己好像已在AK的外围帮着处理着AK内部的事物一般。

“你变得妩媚艳丽，越来越漂亮了。”听得出小杜说得非常真切与兴奋。

葛薇星说：“谢谢！你怎么会在这儿？”

小杜说：“我公司就在对面小区里。刚刚你看见章绮烟了吗？”

“那真是章绮烟，要当妈妈了。”葛薇星看着小杜，一副恭喜你了，要当爸爸了的模样说着。

小杜大笑了一阵子说：“嘿！嘿！不是我的。不是我的。

是齐鲁的。”

“你过得好不好？我正想找你呢！你这就出现了，真是心想事成。”小杜说。

小杜找葛薇星是想商量，他打算接下DR的年度计划案。这就与AK打对台了。他是不在意AK，但是想跟葛薇星打个招呼。

齐鲁当年离开AK之后，既未去美国也未与郝漾结婚。齐鲁之后为了章绮烟，接受章家父母的安排，在大学里教书并同时进修。

章绮烟离开AK那年，齐鲁与章绮烟两个结婚了。章绮烟离开AK就一直在小杜这儿上班，齐鲁也一直与小杜有项目合作，当年在AK齐鲁的广告文案是凭真本事得过首奖的。

葛薇星因急于赴约，匆忙与小杜交流，另约了见面时间、地点，便匆匆进了酒店了。

葛薇星到了包厢Akiens与Andy早在里面了，DR的几位刚到。落座之后先是要了红酒，喝了两瓶便改要白酒。Akiens不嗜酒，没有自己带酒的习惯。换了名片之后，不等Akiens的腼腆出来冷场，Andy很自然的替Akiens与大家客套一番，礼尚往来的互相恭维的推进觥筹交错一翻。然后葛薇星接手主题就替老板先说了："黄董您这边真是让AK受宠若惊呢！这么短的时间成了我们的老板了！我的最顶头老板呢。"

DR黄董说："机缘巧合有这样的机会，我们也看好AK，所以就全力以赴的投入啰。"

葛薇星举杯先干为敬地继续说:“您这边总持股都有百分之四十九了，是AK的最大股东了。所以我们这要特别向各位请教，您这边对AK的运营有什么指示与期待。”

Akiens这时也举杯喝了，接着说:“请指教！我太疏忽与怠慢了，真不好意思。”

DR黄董说:“客气，客气了。你一直做得非常好啊！放眼业界这十年谁比AK出色呢！先买了HU的门市，这会儿只增资8亿就买下了好几倍价值的HU，现赚不少不说，实力可不一般啊！”

这么看这个交易，一点没错，所不为外人知的，其实损失或说牺牲的是Akiens。当然每个人的得失与价值，衡量的标准都不同。这转瞬的变化让Akiens想都来不及想，一转眼发展到了今晚的这个局面，更是谁如何也不曾料想到的。

葛薇星说:“是的，真是侥幸，也是值得庆贺。公司真是以极好的基础条件取得HU，坦白说为了协调促成，Akiens私人却是牺牲不小。”

葛薇星接着说:“后面整合AK与HU才是大工程，如何一加一大于二？真正的考验才开始呢！这是历史的任务，关键的一刻！”

DR黄总接着说:“我们早听说不只Akiens行，你们的Grace虽然低调，其实是厉害高手，我们挖了几次她都看不上我们。”

DR黄董说:“是！是！是！AK是卧虎藏龙，现在再把

HU收进来不得了了！”

葛薇星说：“谢谢各位老板赏识，以后大家也是一家人了，同心协力一定更好更兴隆的。”

葛薇星继续说：“关起门来一切都为这个大家庭好，所以各位老板是否能指示这次董事改选有何计划？”

DR总经理尷尬地看了他的董事长，DR董事长也略有难色的看了总经理。稍有一会儿DR的董事长说了：“其实AK经营得很好，DR应该要向AK学习。我们是诚心来学习的，当然总也得对大股东与董事会有所交待。”

葛薇星刻意把话插进来在此截断对方：“Akiens是很诚意想请教各位的。虽然这边有乐山，还有其他股东的支持，充分的掌握了公司百分之五十一，但是DR可是真正的最大股东。即使是五十一也就虚增了您这边两个点，没您这边支持也是汗颜啊。”

葛薇星看这情势，心想：既然对方显然有些软化，大家兴许有交情可谈，有些话别让他说出来的好，保留颜面别撕破脸的能谈起来是最好的。先礼让他再适当让他知难也许能好退些。

DR这边的执行董事开口了：“谁不是想能当董事长又当总经理最好了，好做事嘛！现实当然是以大家的最高利益来考虑的！谁来当都一样是以对大家最有利为原则的。你们占更多一点，你们说说你们的计划如何。”

葛薇星仍是一向的轻柔语气，其实是在抢着说：“我个人来提建议，各位大老板听了参考参考，要有不妥就怪我小女子不懂事，请千万别介意。”

葛薇星继续说：“依我的看法，AK刚收了HU，双边的业务、产品与文化摩合都要费心整理，一切首重稳定，让HU、AK的工作同仁与业务状况稳定为上。为了大家共同的最高利益，不如董事长与总经理不变，增加副董事长与副总经理，由DR派代表，就是委屈DR这边屈就副手从旁指导与协助了。”

在这之前葛薇星并未与Akiens有过商量沟通，Akiens这边对“百分之五十一”也是不知情的。以他多年与葛薇星的默契他听了也大致有谱的。葛薇星也是真心让在场每位老板包含Akiens参考她的意见的。

这边Andy站起来对着DR三位，再一一连干三杯，然后搭着Akiens的肩说：“这AK就像我这老同学的儿子一样，真是全心全意掏心吐肺拉拔起来的。说起来啊，这花的心思与时间还真比自已亲生的儿子更多呢！”

已喝得有七八分醉满脸通红的Andy说完之后，转头认真的看着Akiens，原本是无心的应酬话，说完了自己也深深感动，这些倒是千真万确的一点不假。Andy接着把另一只手也搭过来Akiens另一边的肩上拥抱着他。他深有感触，这十几年来自己真是白日梦一场。回首Akiens真是战战兢兢守着AK，一步一脚印的努力不懈，别说AK今天这个局面一点不容易。就是十几年的付出怎能让人轻意反手取走呢。

Akiens推开醉了的Andy，接着葛薇星的势，举杯对着DR这边说："承蒙各位看得起我，再次感谢各位对AK的肯定。如果各位信得过我，那么我们一起再往前迈向顶峰，我相信加上各位的协助，AK会帮大家赚大钱的。"

DR这边三个互相看了看只说："会回去慎重汇报董事会。"

DR董事长站起来端起酒敬了Akiens说："Akiens，很高兴认识你。你看来是实在可靠的人，我也一把年纪了，见的人也不少了，我是说真心话。你这个团队很棒啊！实在很优秀很团结。"他接着看着葛薇星说，"Grace确实非常不容易，年轻有为，让你如虎添翼。"他转回来看着Akiens继续说："我跟你也就直说不客气了，我得跟你商量，当初我允诺了叶琛山让他进AK管财务，管不管财务不重要，这个事你帮我解决了就行。另外我儿子也是从美国哈佛抱了MBA回来的，现在在DR当副总，我希望他到AK来学习，交给你来磨炼。其他的你辛苦了。以后DR与AK连手加上HU，这……"DR黄董说到这儿，停了一会儿大声笑着说："算不算垄断啊！"

葛薇星接着说："市场上真正的老大原来是DR呢！"

整晚气氛良好，送走了DR这边。葛薇星把Shelley掌握的AK大部分持股的情况跟Akiens说了，并且转告了Akiens。Shelley的意思是要Akiens自己跟她谈。

现在的Shelley真是关键少数，别说是让Akiens跟她谈，相信DR要是知道了，或是其他有心人，谁都是非常乐意跟她谈的。

Akiens这边，监察人与乐山均表示会支持他。Andy虽然离婚，与其前岳父这边关系尚称良好，他们告诉Andy：以AK的股权换回了DR的持股，并取得一席DR董事。DR控股AK他们一点损失也没有，同时交换了条件让叶琛山进AK管财务，Andy前岳父家财力雄厚，进AK旨在让第二代学习。

葛薇星拿到员工持股名单，首先找了Shelley。Shelley说虽然没过户，但AK大部分员工持股在她生下儿子后，她用婆婆包的大红包都陆续买下了。

Shelley表示自己看好AK，更看好葛薇星，她认为AK上市是早晚的事！海外展览回来之后，DR确实开出高价找她，但应该并不知道除了葛薇星手上的，她早已买走了大部分AK的员工持股了。葛薇星将Akiens的状况告诉Shelley了。Shelley让葛薇星转告Akiens，她要Akiens自己来跟她谈。她盘算着总要好好感谢她婆婆。保全Akiens的经营权，让她以关键少数换一席AK董事孝敬婆婆应该不错。

三个人交换完了意见都子夜两点了。他们分乘两部电梯，Andy喝太多了由Akiens去取车，Akiens先进了七楼以下不停就直达停车场的一部。Andy与葛薇星等了一会儿搭另外一部到一楼。

电梯里Andy对葛薇星说："真是太辛苦你了。这么晚回家没问题吗？待会儿先送你。"才说完电梯忽然顿了一下就停住了，葛薇星几乎站不稳，喝醉的Andy一头往前栽，葛薇星忙扶住他。马上接着电灯全熄了。葛薇星被Andy压得几乎透不过气，浓重的酒气让她作恶，葛薇星极其气愤的奋力闪躲强行贴上滚烫的面颊与唇，对方始终压得她没得转圜的余地，同时把手往她胸前探寻入口。这时电梯重新启动灯也明亮了。Andy说："我让Akiens帮你配部车。"不稍一会儿电梯终于停住，葛薇星才挣脱得出手臂狠狠的甩了Andy一巴掌。

电梯门稍开就听见："车钥匙没给我！"葛薇星挤出电梯门，Akiens正站在那儿说，他看着衣衫凌乱的葛薇星马上追了出去。

满脸泪痕与满心气愤的葛薇星极其快速地消失在黑夜里。

Akiens追出酒店就不见葛薇星的踪影，仍不放弃的拨着她的手机，手机传来："您拨的号码已关机。"

会谈DR老董等三人的隔日一早，葛薇星就在单位大楼下遇见Akiens。Akiens找她在单位不远处的咖啡屋坐下，她才意识到Akiens是存心等她的。

Akiens取出好大一枚闪着八心八箭晶莹剔透的指环。他说："我准备很久了。你那么漂亮条件那么好。我一直没有勇气问你，做一个老板被员工拒绝太没面子了。我……"

葛薇星不等他说完就说："我父亲债台高筑！"

Akiens说："如果我们结婚了，你父亲就是我父亲。你的问题就是我的问题，我们一起面对。"

葛薇星继续愤愤的说："我还养着一个女儿。"

Akiens满脸诧异，愣了好一会，没等葛薇星再说他就说：“我有三个儿子，一直希望有个女儿。如果是你的女儿那我也会当她是我的女儿。”

听到这儿葛薇星积蓄的委屈几乎决堤。她强忍住眼泪说：“对不起！我没女儿，胡乱说的。”Akiens听了显然松了一大口气重新露出笑容。

葛薇星接着说：“谢谢。你的戒指真是漂亮华贵。我已经有对象了。我先回公司了。”葛薇星说完就径自离开咖啡厅走回单位了。当天近下班时间Akiens就收到葛薇星的辞呈了。

Akiens自然诸多挽留，也开出了有诚意与极优待的条件。他并且表示不希望为私事影响公事。

葛薇星把自己手上的持股卖给Shelley，成全了她的真正的百分之五。Shelley不缺钱便以DR当初开的高价买下。葛薇星终于还清了她父亲的负债，还留有一些现金在身边。

Shelley说：“行情正好你为什么要走。”

葛薇星说：“我给自己升职嘛！”

Shelley说：“说得也是！”

葛薇星说：“在这没升职空间了，难不成我跟Akiens争啊。离职才能升职长工资嘛！”

Shelley说：“那倒也未必！”

葛薇星说：“我在这儿够久了，其实是太久了。早该换地方见识与学习，也该趁年轻体验不同的产业了。”

葛薇星心想真是有许多理性的理由，其实她只是打从心里不想留在这儿了，在她递出辞呈开始便一点都不想，即使Akiens非常大的诚意与再好的条件，她也实在留不下来了。

葛薇星自己也不知道真正的理由是什么，她唯一可以确定的是这个种籽在更早就埋下了，是时候也许就在她遇见小杜那时，可能瞬间发芽，接着一夕快速增长。提了辞呈她同时松了一口气，也就不用担心与他在工作上竞争。

葛薇星同意用几个月的时间交接给DR黄董的二公子。海外业务除了Shelley，Akiens也采纳当初葛薇星的建议，由Akiens带着沈晗淑跑，Akiens应减少把时间花在这上面。陆续放手给沈晗淑。这后来Akiens的出差Andy不再同行。有关海外业务Akiens也与Shelley分头进行，他与Shelley最多只带沈晗淑。

刚好在堂鑫婚宴的前几天，葛薇星实在拗不过Shelley，极其为难的接受了大家给她办的欢送会。

酒酣耳热正兴头时，齐鲁、章绮烟、小杜都陆续来了。早有不少人一小团，一小团的哭了。这会儿来了他们几个又是一阵高潮。葛薇星避开楼层化妆室悄悄地来到另一个楼面的化妆室，终于没什么人。进了洗手间放下马桶盖稍稍清理了铺上纸便坐下。这时听见两个熟悉的声音走进来了。

“下面人太多了，还好这边没人。你怎么会想要抽脂呢？”听来是沈晗淑的声音。

“减肥太慢了。”回答的是大嗓门的袅袅。

听起来她们似乎各自进了洗手间了。

沈晗淑隔着洗手间的门继续说："那不是很痛很危险吗？"

袅袅说："如果要当贵妇或是当像AK那样大公司的老板娘，我一定要变漂亮啊。"

袅袅继续说："你的戒指很贵吧！不过真的很漂亮。要是我，我也无论如何会买。"

沈晗淑说："是喔！谢谢啦。"

袅袅又说："你都跟Akiens一起出差，他会不会很凶啊！"

沈晗淑娇嗔的说："喔！我真的是天天挨骂。他专门骂我'猪头'。"

袅袅继续问："那你都穿什么衣服去。"

沈晗淑说："衣服喔！你没说我倒没注意。我都跟平常穿的没两样啊！"

袅袅还问了住房、饮食等不少细节。两个人摩蹭了一会儿终于离开化妆室。葛薇星这才走出洗手间，稍整理了一下正洗着手。沈晗淑几乎是冲进来对着洗手盆猛作呕，一直没呕出什么来。她一手贴着自己的胸，一手扭动着水龙头，那扭动水龙头的手指闪着动人的光芒，要不注意都很难，好大的一枚八心八箭晶莹剔透的钻石。葛薇星认出那是她几个月前见过的。葛薇星上前去关切了，还搀扶着沈晗淑出来坐下，并找了一杯热水给她。

结束了欢送餐会，算是结束了葛薇星在AK的旅程。餐会后她仍坚持着自己回家。依例这是她一向的习惯，走出酒店走在大街上。她想着：不知道他会出现吗？应该不会。这是没有他的场合。她想着沈晗淑手上的八心八箭。想着报纸上堂鑫的韩国美娇娘的模样，胡思乱想的，想想能否心想事成，他会不会正巧地经过这儿。

葛薇星走得有半个多小时，实在很累了正想拦车了，又想撑一撑，再走走吧！也许他就要出现了。最后实在累瘫了她伸手拦了车，眼前就有部车是她眼熟的，似乎正是她正期待的，往驾驶座车门走来的身影她依稀熟悉，她全身热了起来，无比的兴奋与紧张。她走近了，正要开车门的他看见她了。她难掩兴奋的上前说："你怎么会在这儿？"葛薇星这时才看见一个短发颇为时尚的女子正开启他副驾驶座的门。她马上惊觉自己失态了，今晚副驾驶座早有人坐了，他不是为她而来的，她真的巧遇他了。葛薇星忙反应出应有的礼貌说："扬总！晚上好。真巧啊！"她没等他说话，也可能太慌张了，急急的上了出租车。

她慌心的坐在出租车上，没多久电话响起了。她紧张的接起，听他说着："你怎么一下就不见了呢，到那儿啦？我送你吧！我刚刚把几个客户送到地铁站，当时我车上后座还坐了三个人呢。"

葛薇星让出租车停了，下车等着他来接她。她想他是在告诉她吗？他是在向她澄清吗？她满心欢喜。没等一会儿，很快的她上了他的车。一切一如以往，车程不近却觉得时间特别的短，他总问一样的问题，她也是一样的答案。今晚他特别提起：

“GE找我帮忙，他们打算与AK抢市，我不会接的。”

她告诉他：“怎么不接呢！GE的案子利润应该很好。”他诧异的眼神看着她。她继续说：“我不在AK了，今晚就是同事给我送别的。”一如过往她回到住处进屋后给他短信，稍后收到他平安抵家的讯息，就这样已够她甜蜜很久了。

商场如战场，职场似虎口，乞丐与王子，天堂与地狱只在瞬息。

11
自己给自己升职

要收到堂鑫的喜帖并不容易。堂鑫倒是依约让人亲自送给葛薇星了。当天下午葛薇星特意去剪了新发型。多年的长发由直顺到卷起大波浪，这回剪得很短就在耳际之下换了直顺的离子烫，很显她清秀的脸蛋与清幽气质。由于不用上班，时间充裕了。家里的债务全清了。她这才发现自己从来没有这样轻松过，她开心地去采购了彩妆与香水还买了新的连身裙，崭新性感的高跟鞋，她知道不该穿新鞋，但新鞋真美，她没穿过这么高的鞋，一蹬上既性感又优雅，这多年来葛薇星有意无意的掩藏自己，主要是不希望被当花瓶。今天没这个顾虑了。她想把自己完全释放出来。她一面悉心地化妆打扮，一面想着：他应该会出席吧！

葛薇星带着对自己一身的满意与愉悦来到堂鑫的宴会酒店。酒店从大门外十米便开始悉心精巧的布置。两旁高雅的粉白玫瑰，搭配白色系贵气的香水百合同时妆点了粉色秀气的桔梗，夹道了加长的红毯，一路铺排进到酒店大堂。花型、颜色、香气与花的气质尽显精心设计着贵气与雅致。

葛薇星才一脚踩进大堂就被外面停下的白色劳斯莱斯给吸引了。首先由司机迎下车的是乐山集团的汤先生，汤先生接着亲自迎下一位女士。那是一位年轻身形优雅的女子，穿着无袖嫩黄极好的丝质及地连身裙，高腰处扎着黑色紫光的丝绒蝴蝶结。挽起罗马假期女主角奥黛丽赫本梳的公主头。边贝似的小白牙闪着满脸真诚的笑容。正要举步下车的她正全心全意，用着全世界只看得见汤先生一个人的目光，看着迎她下车的汤先生。几年不见，就这一两年的时光，悦光变得那样美丽出众了。

席间忙碌的堂鑫还特意的来找葛薇星，见着葛薇星他说："你真美。你存心要跟新娘子比美是吗？"葛薇星只是笑。

葛薇星见着许多她熟识的人，也许心情轻松，忘情得喝了不少，收了一整晚美丽的称赞。虽然一直没找到他，但是葛薇星还是很开心，跟新郎一样开心，新郎堂鑫对她说："你怎么比我更开心啊！"

GE与OP的两位大老叫住了葛薇星。GE老董对说葛薇星说："我觉得你最配堂鑫。"颇有酒意的GE老董接着凑近葛薇星小声的说："这只能小声说不能大声讲，人家都结婚了。你这个傻孩子，你放弃堂鑫太可惜了啦。我看他是对你很有意思的啊！傻孩子你是怎么想的呢？"

葛薇星有些微醺只是一味地笑着。

OP的这位倒是拉过葛薇星说："Grace别傻！别听他的老套。结婚有什么好。我们抽空大伙一起到处玩多好。"

葛薇星极少穿这么高的鞋，被OP这位这么一拉，踉跄的险些跌倒，还好有人扶了她一把。她忙说谢谢，一抬头是他。

他敬了GE、OP两位大老板。OP这位趁了酒意继续说："Grace！下个月我们去北海道滑雪，你一起来吧！你的机票食宿我帮你处理。"

葛薇星正要说话，他先说了："她没空啊！"

这整晚葛薇星就开心低调的一直保持适当距离的跟在他身边。

他与乐山汤先生敬酒。悦光被介绍是汤夫人。汤先生说："葛小姐是悦光的偶像呢！"

他说："是！Grace很优秀很能干很努力很漂亮。"

悦光拉着葛薇星的手说了好一阵子。悦光是在汤先生求婚后离开AK嫁给汤先生的。悦光邀着葛薇星到他府上作客，会派车来接送她。葛薇星也说自己离开AK了。

这对葛薇星来说是美好的夜晚。她觉得自己真的升职了。她整个人生好像要升职了。席散之后他说风大让她等在酒店里候着，他去驾车来接她。葛薇星等在酒店大堂里遇见了Akiens。

葛薇星很高兴的对Akiens说："恭喜啊！是不是要当爸爸了。"

Akiens一脸惊讶。稍后靠近葛薇星说："我只爱你。如果你愿意我……"

没等他说完葛薇星说："谢谢。你应该好好珍惜，沈晗淑是单纯的好女孩。你眼光很好，你的戒指真的很漂亮配她正好。”

Akiens说：“我是一时寂寞。出差我老是骂她。她再怎么委屈总是满脸笑意的鼓励我安慰我。我一时不忍心想对她好想补偿她。我……”

葛薇星打断他说：“我车来了。她是好女孩。她确实过的也很苦，需要有人好好照顾她疼惜她。请珍惜她。我祝福你们。”葛薇星说完就往外走了。

走出来没一会他的车就靠近了。还没等他下车为她开门，她就自己快速的开门上车。他稍拉下一些后面的车窗，也许是想散去车内两人浓浓的酒气，过去总是他先开口，今晚他一直没开口。等了一会葛薇星正要开口，才一转身正好碰上他热切的双唇索取着像是等待千年的渴望，她的心往下沉到几乎无法呼吸，即刻毫无力气的完全融化。两行热热的泪水没流到脸颊他便完全吸允了她。

选自己所爱，爱自己所选；

全力以赴，才不枉此生。

后 记

葛薇星走进这个时尚且崭新的玻璃帷幕办公大楼。看着电子屏幕跑着集团信息，赫然发现乐山，她想：莫不是悦光要成为她的老板娘了吧。她站着继续悠闲得看接下来的征才信息：前台身高168。看到这儿，她发现自己已不够条件应征前台了，自己光身高就差了一截。

她走向前台，说明约好了见董事长。那高眺美艳的前台很慢才发现她，旋即赶紧收起正看得入迷的一本书。葛薇星瞟了一眼那书名是：《葛薇星升职记》，作者齐鲁。

代　跋

学涯也是生涯一部分。

学校里教了许多许多，也许多许多没教。

日子怎生活却是得自己学。我也是混沌的摸索了好久才知道。

职场是生活，实在的生活。家庭、亲情、爱情、友情，

诸多情就像蛋糕与奶油。

许多人花最多时间在工作。

相处更多的是办公室里的同事。

竭诚费心培养感情的对象是客户。

都只是故事，一直未完…，看着地也是角色。

我们早该自己作主怎么演了。

祝福

图书在版编目（CIP）数据

葛薇星升职记 / 王尹著. — 南昌：江西科学技术出版社，2011.9

ISBN 978-7-5390-4461-3

Ⅰ.①葛… Ⅱ.①王… Ⅲ.①成功心理—通俗读物 Ⅳ.①B848.4-49

中国版本图书馆 CIP 数据核字（2011）第 182501 号

国际互联网（Internet）地址：http://www.jxkjcbs.com

选题序号：**ZK**2011157

图书代码：**B**11044-101

葛薇星升职记 王尹 著

出版 江西科学技术出版社

社址 南昌市蓼洲街 2 号附 1 号

邮编：330009 电话：(0791)86623491 86639342(传真)

发行 北京维趣文化有限公司

电话：(010)87510003

印刷 北京联兴盛业印刷股份有限公司

经销 各地新华书店

开本 787mm×1092mm 1/16

字数 120 千字

印张 17.5

版次 2012年 1 月第 1 版 2012 年 1 月第 1 次印刷

书号 ISBN 978-7-5390-4461-3

定价 28.80 元

赣版权登字-03-2011-250